낙타는 가는 길을 탓하지 않는다

김상열

예신

낙타는 가는 길을 탓하지 않는다

2003년 2월 15일 인쇄
2003년 2월 20일 발행

지은이 : 김 상 열
펴낸이 : 남 상 호
펴낸곳 : 도서출판 **예신**

140-896 서울시 용산구 효창동 5-104
대표전화 : 704-4233 / 팩스 : 715-3536
출판등록 : 제03-01365호 (2002. 4. 18)

값 7,000원

파본은 교환해 드립니다.
홈페이지 : www.yesin.co.kr
ISBN : 89-5649-007-4

머리말

　우리가 낯선 길을 갈 때 목적지에 도달하기 위해서는 여러 사람에게 길을 물으면서 가야 한다. 그 길을 잘 아는 사람을 만났을 때는 쉽게 목적지까지 도달할 수 있지만, 물어보지 않고 가거나 안내하는 사람이 잘못 가르쳐 줘서 틀린 길로 갔을 때는 시간이 많이 걸리고, 끝내 목적지에 도달하지 못하게 되는 경우도 있다.

　그보다 더 중요한 인생 길을 걸을 때에는 인생 경험이 많고 지혜로운 안내인이 필요하다. 인격이 훌륭한 성현들과 인생 경험이 많은 어른들은 침착하고 현명한 길 안내인과 같이 우리가 가야 할 올바른 길을 제시해주고, 어려움에 처했을 때 용기를 주며, 극복할 수 있는 지혜와 힘을 준다.

　과거에는 대가족제도 아래서 할아버지, 할머니, 아버지, 어머니, 그리고 이웃 등 어른들로부터 좋은 말을 들을 기회가 많았으나, 핵가족이 되면서 좋은 말을 듣고 건전한 가치관을 배울 수 있는 기회가 점점 줄게 되었다. 이런 사회의 변화는 빗나가거나 방황하는 청소년이 늘어나는 현상과 무관하지 않다.

　말은 하기에 따라서 용기를 북돋아주고 자신감을 갖게 하며, 마음을 위축시키기도 한다. 어릴 때부터 좋은 말을 듣고 자란 청소년은 건전한 사회인이 되고, 나쁜 말과 욕설을 듣고 자란 청소년은 범죄인이 되는 경우가 많다는 사실은 말의 중요성을 새삼 깨닫게 해준다.

　부모와 주위의 어른들, 교사, 결혼해서는 배우자로부터 듣는 말은 정서에 깊은 영향을 주며, 정서는 가치 있는 삶을 살게 해 준다. 부모와 자녀, 교사와 학생, 부부 간에 서로 좋은 말을 많이 사용하면 마음이 안정되고 자신감을 갖게 된다.

인간은 구심점(求心點)이 있어야 정서가 안정되고 마음을 모을 수 있어서 본분을 제대로 수행할 수 있고, 주위의 유혹에 쉽게 물들지 않는다. 그래서 젊은이를 비롯한 모든 이들에게 마음의 구심점 역할을 해 줄 성현(聖賢)들의 말을 한곳에 담아 책으로 펴내게 되었다.

옛 성현들의 좋은 말은 올바른 길을 가고자 하는 사람에게 옆길로 빠지지 않게 하고, 그릇된 길로 들어갈 때 바른길로 이끌어주며, 나아갈 방향을 몰라서 머뭇거릴 때 길을 제시해주고, 마음이 약해질 때 자신감을 갖게 해줄 것이다.

경전(經典), 성경, 코란, 논어(論語), 맹자(孟子), 대학(大學), 중용(中庸), 서경(書經), 명심보감(明心寶鑑), 채근담(菜根譚), 예기(禮記), 소학(小學) 중에서 인생을 살아가는 데 도움이 되는 좋은 말을 골라서 실었다. 그 속에는 부처, 예수, 공자, 맹자 등 훌륭한 성현들의 인생 경험에서 우러나온 지혜가 담겨 있다.

이 책은 소설같이 한 번 읽고 말 것이 아니어서 필요할 때마다 읽으면 마음의 안정을 찾을 수 있는 인생의 지침서(指針書)가 될 것이다. 책읽기가 서툰 어린아이에게는 부모가 읽고 소화해서 자신의 말로 자연스럽게 들려준다면 정서 함양에 도움이 될 것이라고 생각한다.

누구나 알기 쉽도록 어려운 한자말을 피하고, 보통 쓰는 쉬운 말로 풀이하기 위해 노력했다.

이 책을 새겨 읽어서 좋은 인격 형성과 자기 성취의 밑거름이 되기를 바란다.

김 상 열

 ● 차 례

6

1

사귐에 대하여

친 구

우리는 참으로 친구를 얻는 행복을 안다. 자기보다 뛰
어나거나 비슷한 친구를 가까이 해야 한다.
그러나 이런 친구를 만나지 못할 때에는 허물을 쌓지
말고 무소의 뿔★처럼 혼자서 가라.   -경전-

★ 무소는 물소를 말한다. 무소의 뿔이 두 개이지만 각각 떨어져 가듯
  이 그릇된 것에 물들거나 걸리는 일이 없이 학업에 정진하라는 뜻.

세상 모든 사람들이 친구 사귀는 것을 소중하게 생각하
여 금같이 단단하고 난초의 향기같이* 아름답게 한다고
하나 쉽게 화내고 원망하여 다툼이 일어난다.
그러니 군자의 사귐과 같이 주위의 환경에 쉽게 흔들리
지 말고, 깊고 넓은 강물과 같이 오랫동안 변함없이 사
귀어라.   -소학-

★ 친밀한 교분을 비유한 말로 금란지교(金蘭之交) 혹은 금란계(金蘭
  契)라고 하는데, 비슷한 뜻으로 문경지교(刎頸之交)가 있다.

올바른 사람과 같이 지내면 난초 향기 나는

방에 들어간 것과 같아서 오래 지나면

그 향기와 동화되고,

올바르지 않은 사람과 같이 지내면 생선가게에 들어간

것과 같이 오래 되면 적응이 되어서 비린내를

맡을 수 없으나 그 냄새에 동화된다.

그러므로 친구를

사귈 때는 신중해야 한다.　　　　　－명심보감－

이로운 벗, 해로운 벗

이로운 벗이 셋, 해로운 벗이 셋 있다.

곧고 바른 사람을 벗하고 믿음성이 있는 사람과 벗하며

아는 것이 많은 사람과 벗하면 이롭고,

다른 사람의 비위를 잘 맞추는 사람과 벗하고

굽실거리기를 잘하는 사람과 벗하며

실천은 하지 않고 말만 잘하는 사람과 벗하면 해롭다.

- 논어 -

군자의 교제와 소인의 교제

군자의 교제는 물과 같이 담백하고, 소인의 교제는 단 술처럼 달콤하다.　　-명심보감-

♥ ♥ ♥ 물이나 밥은 그저 담담할 뿐 특별한 맛이 없다. 달지도 않고 맵거나 짜지도 않다.

올바른 사람은 벗을 사귈 때 물이나 밥과 같이 특별히 좋아하거나 싫어함이 없이 꾸준히 사귀며, 소인은 맛은 좋으나 매일 먹으면 싫증나는 별식과 같이 좋아할 때는 아주 좋아하다가 의견이 맞지 않으면 다투거나 헤어진다.

2

욕망에 대하여

그릇된 욕망

누구나 감각적 쾌락의 욕망이 지나치면 그에게는 반드시 슬픔의 독이 자라난다. 마치 비를 흠뻑 맞은 풀이 무성하게 자라듯이. -경전-

유방은 항우와 싸워서 승리한 다음 진시황이 세운 진나라를 공격했다. 이 때 진나라에서는 조고가 시황의 아들인 호해 왕을 시해하고 영을 세웠으나 이미 기울어진 나라를 일으킬 힘이 없었다. 그래서 영은 유방이 진을 치고 있는 패상에 가서 옥새(玉璽)를 바치고 항복했다.

"진나라 왕 영을 살려두면 후환이 생길 것이니 처형하십시오."

하고 여러 신하들이 말했으나 유방은 영을 연금 상태에 둔 채 대궐에 들어갔다.

진시황이 건립한 대궐인 아방궁은 그 호화로움과 사치로움이 말로 표현할 수 없을 정도였으며, 창고에는 재물이 가득 쌓였고, 아름다운 궁녀들의 수도 수천 명이었다.

"아, 이렇게 호화로울 수 있나? 이런 곳에서 살고 싶구나."

유방은 궁궐의 아름다움과 호화로움에 마음이 끌려서 그 날은 궁궐에 머무르고 싶어했다. 그러자 번쾌 장군이 말했다.

"전하께서는 패상으로 돌아가시는 것이 좋겠습니다. 이런 호화로운 궁궐에서 사치스런 생활을 함으로써 진나라가 망하게 되었다는 것을 잊지 마십시오."

유방이 떨떠름한 표정을 짓자 이번에는 장양이 말했다.

"전하께서 진나라를 정복할 수 있었던 것은 진나라 임금이 무능했기 때문입니다. 진나라 임금과 같이 호화로운 궁궐에서 쾌락을 즐긴다면 그 전철을 밟는 것이며, 백성의 인심을 잃게 됩니다."

그제야 자신이 궁궐의 호화로움과 아름다운 궁녀에 현혹되어 감각적인 쾌락을 추구하였음을 깨달은 유방은 궁궐과 창고를 봉인하고 일부 병력을 남겨둔 채 어두운 밤길을 걸어 진지가 있는 패상으로 돌아갔다.

다섯 가지 욕망

그릇된 욕망은 실로 그 빛깔이 곱고 감미로우며 우리를
즐겁게 한다. 그러나 한편 여러 가지 모양으로 우리의
마음을 단단히 흐트러트린다. 그릇된 욕망의 대상에는
이러한 근심이 있다는 것을 알고 멀리 하라.   —경전—

■ **어**떤 사람이 고요한 광야를 걷고 있는데 갑자기
뒤에서 성난 코끼리가 달려 왔다. 코끼리를 피하기 위해
마구 달리다가 작은 우물이 있어서 급한 나머지 그 속으로
들어갔다. 우물에는 마침 칡넝쿨이 있어서 그것을 타고
밑으로 내려갔다.

한참 내려가다가 정신을 차리고 아래를 내려다보니 발
밑에는 무서운 독사가 입을 벌리고 있고, 위를 쳐다보니
그 때까지 코끼리가 우물 밖에서 성난 표정으로 서 있는
것이었다. 할 수 없이 칡넝쿨에 매달려 목숨을 부지하고
있는데 어디선가 '달그락 달그락' 소리가 나서 주위를 살
펴보니 위에서 흰쥐와 검은 쥐가 번갈아 가면서 칡넝쿨을
갉아먹고 있는 것이 아닌가? 그 뿐만 아니라 우물 중간에

서는 작은 뱀들이 왔다갔다하면서 그를 노리고 있었다.

　온 몸에 땀이 날 정도로 두려움에 떨며 칡넝쿨을 잡고 위만 쳐다보고 있는데 벌 다섯 마리가 날아들어 오더니 우물 벽에 붙어 있는 벌집에 부지런히 꿀을 나르고 있었다. 다행히 손이 닿는 곳이라서 벌이 날아가고 난 다음에 한 손으로 벌집의 꿀을 꺼내어서 먹고는 그 맛에 취해서 자신의 위급한 상황을 잊고 말았다.

　위의 이야기는 다섯 가지 욕망(재물, 이성, 음식, 명예에 대한 욕망과 편안함을 추구하는 것)을 즐기려는 우리를 경계하는 비유이다.

　코끼리는 부당하게 흘러가는 세월을, 칡넝쿨은 생명을, 검은 쥐와 흰쥐는 밤과 낮을 뜻한다. 작은 뱀들은 가끔씩 몸이 아픈 것이고, 독사는 죽음을 의미하며, 벌 다섯 마리는 인간의 다섯 가지 욕망(오욕 · 五慾)을, 꿀은 다섯 가지 욕망의 즐거움(오욕락 · 五慾樂)을 상징한다.

　다섯 가지 욕망은 필요한 것이나 그것이 지나치거나, 또한 부정한 방법으로 취하려고 할 때 자신과 사회에 해를 끼치므로 경계의 대상이 되는 것이다.

본분을 잊게 하는 여섯 가지 행위

인격을 닦고 학업이나 본분을 충실히 하는 데
있어서 자신에게 해를 끼치는 여섯 가지 행위가 있다.

-경전-

첫째, 해가 높이 떠올랐을 때까지 늦잠 자는 것,

둘째, 습관적으로 게으르고 행동이 더딘 것,

셋째, 잔인하고 사나운 마음을 가지는 것,

넷째, 늘 취해 있고, 술 마시기를 좋아하는 것,

다섯째, 때아닌 시간에 거리를 헤매고 다니는 것,

여섯째, 절제하지 않고 헛된 음행을 하는 것이다.

3

자아에 대하여

극 기

전쟁터에서 수천의 적과 혼자서 싸워서 이기는 것보다
하나의 자기를 이기는 것이야말로 가장 나은 승리이다.
-경전-

♥♥♥ 우리 주위에는 술, 담배, 만화방, 도박, PC방, 해로운 식품 등 헤아릴 수 없을 정도의 많은 유혹이 있다. 그 중에는 도박과 같이 절대 해서는 안되는 것이 있는가 하면 게임 등과 같이 적당히 하면 괜찮은 것도 있다.

유혹에 물들어 하고 싶은 대로 다하면 정작 해야 할 일을 제대로 하지 못하고 몸과 마음이 피폐해진다. 반면에 자기의 마음을 잘 조절하여 하지 않아야 할 것을 하지 않고 적게 해야 할 것은 적게 하면 모든 일을 잘할 수 있다.

그러므로 자기의 마음을 조절하는 것, 즉 자신을 이기는 것이 가장 중요하다.

공부해야 할 시간에 놀고 싶거나 게임을 더하고 싶은 마음을 억제하고 책을 꺼내는 것, 운동선수가 다른 사람이 훈련을 마치고 모두 집으로 갈 때 같이 가고 싶은 마음을 억제하고 혼자 남아서 연습하는 것, 퇴근길에 도박장에 가고 싶은 마음을 누르고 집으로 가서 가족과 함께 시간을 보내는 것은 자기를 이기는 것이다.

그리고 음식과 술 담배의 양을 조절할 줄 아는 것, 노는 시간을 조절하고 나쁜 길로 들어가려는 자신의 마음을 억제하는 것, 즐거울 때나 슬플 때 마음을 조절해서 지나치지 않게 하는 것, 화날 때 화난 마음을 조절하는 것, 이 모든 것은 자기를 이기는 것이다.

가장 강한 적은 자기에게 있다. 그러므로 자기를 이기면 적이 없다.

자기 자신

진정 자기야말로 자기가 의지해야 할 대상이다. 어떻게 남을 자기의 의지처로 삼으랴. 자기를 잘 단련시킴으로써만 자기를 의지처로 만들 수 있다.   -경전-

♥♥♥ 인생의 길을 걷는 것은 나 자신이다. 다른 사람이 대신 해줄 수는 없다. 자기 자신이 주체가 되어야 하는 것이다. 어려움이 있을 때 다른 사람이 바뀌어야 하는 것이 아니라 자신이 바뀌어야 한다. 끊임없는 노력과 자기 개발을 통해서 더 나은 자신을 만들 때 인생의 항해는 결코 어렵지 않다.

활쏘기는 군자와 같은 데가 있으니, 과녁을 맞추지 못
하면 그 원인을 자신에게서 찾는다.   -중용-

　♥♥♥ 순 임금이 평민일 때 자신은 잘못이 없는데 부모
가 심하게 대하는 데 대해서 괴롭고 답답한 마음에 혼자
울 때가 많았다. 그런 여건에서도 본분인 농사일을 충실
히 하고 좋은 성품을 유지하여 부모에게 효도하고 계모가
낳은 동생에게도 사랑으로 대할 수 있었던 것은 원인을 자
신에게서 찾았기 때문이었다.

자아 성찰

스스로 흐트러지려는 자신을 훈계하고 살펴라. 그리고 이 같은 방법으로 자신을 보호하고 마음을 집중시켜 나가라. 그러면 행복하게 살아갈 수 있으리라.　　-경전-

■농장에서 밭을 갈고 소를 몰며 품팔이 생활을 하던 반갈라라는 사람이 승려가 되면서 입고 있던 낡은 옷과 쟁기를 묶어서 수도원 부근의 큰 나무에 매달아 놓았다. 수도원에서 생활을 한 지 한참 지나자 싫증이 났다. 그런 마음이 심해지자 그는 큰 나무 밑으로 가서 자신을 꾸짖었다.

"이 부끄러움을 모르는 놈아! 만족함을 모르는 놈아! 그래, 너는 고작 이 낡은 옷을 다시 입겠다는 거냐? 그래, 사회로 돌아가 다시 남의 고용살이를 하겠다는 거냐? 아, 이 어리석은 놈아!"

그는 이런 말로 자기를 꾸짖어 흐트러지려는 마음이 사라지면 수도원으로 돌아오곤 했다. 그 후로도 그는 승려 생활에 불만을 느낄 때마다 이런 식으로 자신을 다스렸다. 오래지 않아 반갈라 승려는 깨달음을 성취하였다.

4
사랑에 대하여

게으른 사람 - 수주대토*

게으른 사람은 낮에는 도리어 잠자기 좋아하고 밤에
는 깨어서 바라는 것 많으며 홀로 멍청하여 좋은 벗 없
고 집안의 살림살이 다스릴 줄 모른다.
만일 추위와 더위를 가리지 않고 아침저녁으로 힘써 일
하면 어느 사업이고 안될 것이 없어 마침내 근심 걱정
없게 될 것이다. -경전-

중국 송나라에 게으른 농부가 있었다. 어느 날 밭
을 가능 둥 마는 둥 하고 있는데 갑자기 숲 속에서 큰 토
끼 한 마리가 튀어나와서 나뭇등걸에 걸려 죽었다.
　"야, 이게 웬 횡재냐, 가만히 있어도 토끼 한 마리가 저
　절로 굴러들어 왔네."
　농부는 신이 나서 쟁기를 던져 버리고는 시장에 토끼를
가지고 가서 비싼 값을 받고 팔았다.

★ 수주대토(守株待兎) : 송나라의 한 농부가 나뭇등걸에 걸려 죽은
　토끼를 보고, 다시 토끼가 걸리기만 마냥 기다렸다는 고사성어.

28

'잘 됐다. 가뜩이나 일하기 싫은데 가만히 있어도 돈이 생기니 힘들여 밭 갈 필요도 없지. 이제부터는 밭에 편안히 누워서 기다리면 토끼가 튀어나와서 나무에 부딪혀 죽을 것이고, 나는 주워서 시장에 팔면 되겠구나.'

농부는 생각할수록 기분이 좋았다. 그 날부터는 그나마 건성으로 갈던 밭도 갈지 않고 김도 매지 않으며 토끼가 잡히기만 기다렸다. 그러나 토끼는 나타나지 않고, 밭에는 풀만 무성하게 되었다.

좀더 자자, 좀더 졸자, 좀더 눕자 하면 가난이 강도같이 오며 어려움이 많게 될 것이다. −성경−

말 많은 사람

말이 많은 사람에게는 다섯 가지 나쁜 일이 생긴다.

다른 사람이 그 사람의 말을 믿지 않고,

그 사람의 가르침을 받아들이지 않게 되며,

다른 사람의 미움을 받게 되고,

거짓말을 많이 하게 되며,

다른 사람과 싸우게 된다.   -경전-

올바른 사람

성인은 화내지 않고, 두려워하지 않고, 우쭐거리지
도 않고, 후회하지 않으며, 허둥거리지 않고, 말을 조심
한다.   -경전-

♥ ♥ ♥ 올바른 사람은 마음이 안정되어 있어서 비방하
는 말을 들어도 화내지 않으며, 부정한 재물을 탐내지 않
고 항상 올바른 행동을 하므로 두려워할 일이 없고, 겸손
하여 잘한 일이 있어도 자랑하거나 거만하지 않다.

그리고 모든 일을 신중히 생각해서 결정하고, 한번 결정
한 것은 열과 성의를 다해서 행하므로 그 과정이나 결과에
대해서 후회하지 않으며, 침착하므로 의외의 일이 닥쳐도
당황하지 않고, 말을 할 때는 실행할 수 없는 일이나 다른
사람을 해치는 말을 하지 않는다.

성인은 마음이 평온하며, 항상 바른 생각을 가지고, 남을 자기와 같다고 생각하지 않는다. 또 자기가 남보다 뛰어나다고 생각하거나 못하다고 생각하지도 않는다. 그에게는 번뇌의 불이 타오르지 않는다.   −경전−

   ♥ ♥ ♥ 올바른 사람은 자신의 일에 충실하고 자기 발전을 위해서 노력할 뿐 다른 사람과 비교하지 않는다. 자기보다 더 잘 사는 집에 가서 화려하게 꾸민 것을 보고 스트레스를 받거나, 무리해서라도 그들을 따라서 비싼 가구를 사들이지 않는다.

윗사람, 아랫사람

윗자리에 있는 사람이 곧으면 아랫사람이 따르지만, 윗
자리에 있는 사람이 바르지 않고 개인의 이익 챙기기를
좋아하면 아랫사람이 따르지 않는다.   -경전-

윗사람이 나에게 하는 말과 행동이 싫으면 그런 내
마음을 미루어 아랫사람에게 싫은 말과 행동을 하지 말
고, 아랫사람의 행동이 싫으면 그런 나의 마음을 미루
어 윗사람에게 그와 같은 행동을 하지 말라.   -대학-

너그러운 사람

마음이 넓고 너그러운 사람은 따뜻한 봄바람이

나무와 풀을 키우는 것과 같아 이런 사람을 만나면

활력이 생기고 발전한다.

생각이 좁고 각박한 사람은 차가운 땅에

쌓인 눈을 얼어붙게 하는 것과 같다.

이런 사람을 만나면 사기가 저하되어 발전이 없다.

-채근담-

바로잡지 못할 사람

속이는 사람을 만나면 성심으로 감동시키고, 포악한 사람을 만나면 따뜻한 마음으로 감화시키며, 부정한 방법으로 이익을 추구하는 사람을 만나면 정의와 기개로 격려해야 한다. 이렇게 하면 바로잡지 못할 사람이 없다.   -채근담-

성내는 마음은 친절과 사랑과 가엾이 여기는 마음으로 이겨내야 하고, 인색한 사람에 대해서는 베푸는 것으로써 이겨내야 하며, 다른 사람이 거짓말을 하면 진실을 말함으로써 이겨내야 한다.   -경전-

직장인

직장에서 윗사람 섬기기를 형 섬기듯 하고, 동료와 집안 사람처럼 화목하게 지내고, 직장의 일 처리하기를 집안 일 처리하듯 한 다음에야 마음을 다했다고 할 수 있다. 조금이라도 부족한 점이 있으면 마음을 다하지 못한 것 이다.   -소학-

직장인이 지켜야 할 것은 부정한 재물을 취하지 말 고 모든 일을 신중하게 처리하며 부지런한 것, 오직 이 세 가지이다. 이 세 가지를 알면 직장인으로서 지녀야 할 몸가짐을 다 지녔다고 할 수 있다.

직장에 있는 사람은 화내는 것을 경계하고, 옳지 않은 일은 자세히 살펴서 처리하며, 이치에 맞지 않는 일이 없도록 해야 한다.
화를 내면 다른 사람을 해치는 것이 아니라 자신을 해친다.

성공하는 사람, 실패하는 사람

성공하고 사업을 이루는 사람은 대체로 여러 사람의 말을 듣고 그 중에서 옳은 말을 받아들이는 사람이다.
사업에 실패하고 기회를 놓치는 사람은 다른 사람의 좋은 충고를 듣지 않는 고집쟁이이며 융통성이 없는 사람이다.   −채근담−

무게 있는 사람

매가 서 있는 모습이 조는 것 같고, 호랑이가 걷는 모습이 병든 것처럼 느려 보이는 것은 바로 동물을 움 켜잡고 무는 수단인 것이다.

그러므로 총명과 재능을 함부로 드러내지 말아야 한다. 그래야만 비로소 무게 있는 사람으로서 큰 임무를 어깨 에 짊어질 역량이 있는 것이다.   -채근담-

부유하지 않은 사람

부유한 사람은 씀씀이에 절도가 있으며, 부유하지 않은
사람은 다음과 같은 이유가 있다.   -명심보감-

첫째, 익은 곡식을 제대로 수확하지 않고,

둘째, 거둔 곡식이 비에 젖거나 쥐에게 먹히지 않도록 저
　　　장하는 것을 잘 하지 않으며,

셋째, 잠잘 때도 등불을 켜놓고 자고,

넷째, 게을러서 밭을 제대로 갈지 않으며,

다섯째, 낮잠 자고는 늦게 일어나고,

여섯째, 술을 많이 마시고, 하고 싶은 것을 절제하지 않고
　　　다 하는 것이다.

소 인 (小人)

소인은 올바른 일이 작은 것이면 이익이 없다고

행하지 않고, 나쁜 것이라도 작으면 해롭지 않다고

하여 버리지 않는다.

그래서 나쁜 행위가 쌓여서 숨길 수 없게 되고,

죄가 커져서 해결할 수 없게 된다.   -명심보감-

하등(下等) 사람

말이 성실하지 않고 믿음성이 없으며,

하는 일에 열성이 없고 신중하지 않으며,

잘못하고 뉘우칠 줄 모르며,

뉘우치고도 고칠 줄 모르면 하등 사람이다.

하등 사람의 말만 듣고 하등 사람의 행동을 한다면

폐쇄된 방 안에 앉아 있는 것과 같아서

사면에 벽만 보이니 옆에서 밝게 하려고 하여도

그렇게 할 수 없다.   -소학-

어리석은 사람, 지혜로운 사람

어리석은 사람은 스스로 저지른 나쁜 행위로 자기를 파멸시킨다. 마치 금강석이 다른 보석을 깎듯이. -경전-

■■■ 사왓티 성에서는 매년 여러 가지 축제가 열렸는데 그 중에 '어리석은 사람들의 축제'라고 불리는 것이 있었다. 그 축제 기간에는 젊은 사람들이 쇠똥과 재를 물로 개어서 몸에 바르고 바보처럼 괴상한 행동을 했다.

그들은 이 기간에 아무에게나 욕설과 허튼 소리를 하였고, 그들의 행동에 화를 내거나 꾸중하면 수모를 당했다. 그래서 대부분의 사람은 축제기간에 밖에 나가는 것을 삼갔다.

그러면 어리석은 사람들은 집집마다 떼지어 다니면서 집주인에게 온갖 욕설을 하였고, 주인은 동전이나 물건을 주어서 보냈다. 그들은 이렇게 모은 돈으로 밤새워 음식과 술을 먹고 마시면서 떠들었다.

불교신자들은 수행자들에게 탁발을 나오지 않도록 하고 준비한 공양을 새벽에 수도원에 보내었다.

어리석은 사람은 다른 사람이 잘하는 것을 즐거워하지 않는다. 그러나 지혜로운 사람은 다른 사람이 잘하는 것을 자기 일처럼 즐거워하고 함께 하는 마음을 갖기 때문에 마음이 너그러워지며 덕도 쌓게 된다.

어리석은 사람은 무엇인가 잘못되어 갈 때는 슬퍼하고 당황하며, 무엇인가 잘되어 갈 때는 좋아서 정신을 차리지 못한다. 그러나 지혜로운 사람은 인생의 괴로운 오르막길에서나 즐거운 내리막길에서나 항상 평정을 잃지 않고 자신을 지킨다.

올바른 사람, 그렇지 않은 사람

올바른 사람은 여러 사람과 화목하게 지내지만 주관 없이 남의 의견에 휩쓸려 따라가지 않으며, 소인은 주관 없이 남의 의견에 좇아 어울리지만 화목하지는 못하다.

-논어-

♥♥♥ 올바른 사람은 개인의 능력이 완전하기를 바라지 않고, 잘 하는 것이 무엇인지 알아내서 그것에 알맞은 일을 시키기 때문에 개인의 능력을 마음껏 발휘할 수 있고, 자기가 맡은 일만 열심히 하면 되므로 일하기가 쉬우나, 아부하거나 뇌물을 주면 기뻐하지 않는다. 그리고 칭찬과 격려를 많이 하여 활력을 불어넣어 준다.

그러나 올바르지 않은 사람은 아랫사람의 적성이나 재능과 상관없이 배치하고, 능력을 발휘하게 하는 데 신경 쓰기보다는 자기의 욕심 채우는 것을 더 중요하게 여기므로 유능한 사람도 실력을 발휘할 기회가 적다. 그리고 꾸중을 많이 하고 화를 잘 내므로 의기 소침해지고 불만을 가지게 만든다.

올바른 사람은 나쁜 사람을 따르지 아니하며

함부로 행동하지 않는다.　　-성경-

지혜로운 사람

산 위의 큰 바위가 바람에 흔들리지 않듯이 지혜로운 사람은 칭찬과 비방 때문에 평정을 잃지 않는다.

-경전-

♥ ♥ ♥ 요즘은 결혼을 앞둔 남녀가 공원 등에서 비디오 촬영을 하는 광경을 드물지 않게 볼 수 있고 예사롭게 생각하지만, 과거 그런 일이 거의 없던 때 어느 남자가 약혼한 여자의 요구에 의해 공원에서 비디오 촬영을 하게 되었다. 그 때 마침 TV 뉴스 카메라 기자가 목격하고 그 장면을 촬영해서 '공중도덕을 알 만한 젊은 사람들이 공원의 잔디를 밟고 들어가서 비디오 촬영을 하는 것은 상식을 벗어난 행위' 라고 비판하는 말과 함께 뉴스를 내 보냈다.

신랑 될 사람은 그 TV뉴스가 뉴스 시간마다 방송되자 충격을 받아서 약혼한 여자 때문에 망신당했다며 파혼을 했다. 그 후 그는 신경쇠약에 걸려서 직장도 그만 두었다.

다른 사람으로부터 비난받을 때 가장 중요한 것은 마음의 평정을 유지해서 자신을 지키는 것이다. 흥분하거나 과민반응을 하면 판단을 바르게 할 수 없고, 감정이 격해지거나 마음이 위축된다. 자신을 되돌아보아서 잘못이 있으면 그것을 계기로 반성하고 고쳐서 더 나은 사람이 되도록 힘쓰는 것이 현명한 사람이다.

외부의 어떤 원인으로부터 자신을 올바르게 지키지 못하는 어리석음이 없어야 한다.

지혜로운 사람은 강하고, 지식 있는 사람은 거기에 힘을 더한다. 그러므로 모략으로 싸워라. 좋은 모사가 많으면 승리한다. —성경—

초나라 무광은 문나라를 치기 위해서 군대를 보냈다. 아무런 대비를 하지 않았던 문나라에서는 성문을 굳게 닫고 방어에 나섰다.

초나라 대장은 전력을 다하여 성을 공격했지만 결사적으로 방어하자 사상자가 늘고 시간만 오래 걸릴 뿐 별로 성과가 없었다. 그래서 수도로 병사를 보내어서 무광에게 전황을 보고하고 대책을 물었다.

굴하 장군이 말했다.

"문나라 사람들은 성격이 단순해서 생각이 깊지 않고 계략을 쓸 줄 모릅니다. 계략을 쓰는 것이 좋겠습니다."

초나라 대장은 굴하 장군의 대책을 실행에 옮겼다. 30여 명의 병사를 나무꾼으로 위장해서 성 근처 산에 있는 나무를 닥치는 대로 베어서 묶었다. 그 광경을 성 위에서 지켜보던 문나라 장수는 많은 나무꾼들이 허가 없이 마구 벌목하는 데 화가 나서 병사들을 시켜서 모두 잡아들이고 부하들에게 상을 주었다.

다음 날에는 50여 명의 위장한 나무꾼들을 보내서 마구잡이로 벌목하게 했다. 그러자 이번에는 문나라의 수십 명의 병사들이 나무꾼들을 잡아서 상을 받기 위해서 지시하기도 전에 성문을 열고 나왔다.

그 때 주위에 매복하고 있던 초나라 군사들이 일제히 달려들어서 문나라 병사들을 죽이고 성으로 들어갔다. 여세를 몰아 궁궐로 쳐들어가니 문나라 왕은 어쩔 수 없이 항복하였다.

지혜로운 사람은 물을 좋아하고 어진 사람은 산을 좋아하며, 지혜로운 사람은 움직임을 좋아하고 어진 사람은 고요한 것을 좋아한다. 지혜로운 사람은 즐기고 어진 사람은 오래 산다. -논어-

♥ ♥ ♥ 지혜로운 사람은 지성적이고 현실적이다. 현실은 흐르는 물과 같이 변화하며 지혜로운 사람은 그 현실을 즐긴다.

어진 사람은 사랑이 많고 마음이 넓어 만물을 받아들이고 자라게 하는 산과 같다. 산은 움직이지 않으며 천 년 세월이 흘러도 변함 없이 영원하다.

군 자

군자는 공적인 일에는 법과 규칙을 따르고, 소인은
은혜에 집착한다.　 -논어-

　♥ ♥ ♥ 올바른 사람은 개인적으로는 부드럽고 따뜻한
마음씨를 가지고, 공적인 일에는 인정에 얽매임 없이 강직
하다.
　잘 아는 사람이나 평소에 자신에게 잘 대해주는 사람이
법률이나 규칙에 어긋나는 부탁을 할 때 공적인 일과 개인
적인 일을 구별해서 들어주지 않는 것이 옳은 일이다.
　은혜를 중요하게 생각해야 하나 은혜는 개인적인 일이
므로 별도로 보답하면 된다. 공적인 일과 어긋날 때는 개
인의 정을 억제해서 공적인 일을 우선할 줄 알아야 한다.

군자가 갖춘 3가지 도리가 있다.

어질어서 올바른 행위만 하므로 걱정할 것이 없고,

지혜로우니 몰라서 헤매지 않으며,

용기가 있으므로 두려워하지 않는다.

                              -논어-

군자는 부드러우면서도 약하지 않고 강하면서도 딱딱하지 않아서 물의 성질과 같다. 천하에 부드럽고 약한 것은 물보다 더한 것은 없다. 무릇 부드럽고 약한 것이 딱딱하고 강한 것을 이긴다. —명심보감—

♥♥♥ 부드럽고 따뜻하면 약한 듯이 보이나 사람들이 따르므로 강해지고, 딱딱하고 냉정한 것은 강한 듯이 보이나 사람들이 싫어하고 협조하지 않으므로 약해진다.

줄기가 강한 풀은 당기면 뿌리째 뽑혀서 햇볕에 말라 없어지나, 줄기가 약한 풀은 당기면 쉽게 끊어져서 뿌리가 보존되므로 다시 싹이 나온다.

딱딱한 돌은 구르다가 바위에 부딪히면 멈춘다. 그러나 부드러운 물은 작은 돌이 있으면 넘고 바위가 있으면 돌아서 마침내 바다에 이른다.

어려움이 닥쳐서 비록 한때 멈출 때가 있어도 좌절하지 말고 흐르는 물과 같이 항상 목표를 향해서 노력하면 결국은 하고자 하는 일을 달성할 수 있다.

군자의 세 가지 근심

군자는

아직 자기 발전을 위해 필요한 지식을 듣지 못했을 때
에는 듣기 위해 노력하며, 혹시 많이 듣지 못할까봐 근
심한다.

들었을 때는 잊지 않으려고 애쓰며 잊을까봐 근심한다.

이미 들어서 익혔으면 그것을 실행하려고 힘쓰며 실천
하지 못하는 것이 있을까봐 근심한다.   ─예기─

군자의 다섯 가지 부끄러움

군자는

아는 것이 부족하여 자기의 지위에 알맞은 의견을

말하지 못하면 이를 부끄러워한다.

의견을 말했어도 실행하지 못하는 것이 있으면

이를 부끄러워한다.

이미 얻은 지위를 능력이 부족하여 잃게 되면

이를 부끄러워한다.

자기를 좋게 평가하는 사람이 적으면 이를 부끄러워한다.

능력이 비슷한 사람이 자기보다 두 배나

공적이 많으면 이를 부끄러워한다.   -예기-

공 자

공자는 4가지를 하지 않았다.

추측하지 않고,

장담하지 않으며,

무리하게 고집하지 않고,

자신만을 내세우지 않았다.

-논어-

요 임금

요 임금은 공손하고 지혜롭고 신중하며 생각이 깊었다. 온화하고 겸손한 그의 인격은 훌륭하였다. 이같이 높고 큰 덕을 펴서 부모, 형제 및 친척들을 화목하게 하니, 나라를 올바르게 다스려서 백성들이 밝은 삶을 누릴 수 있게 되었다.   -서경-

♥ ♥ ♥ 살기 좋고 태평스러운 시대를 요순(堯舜)시대(요 임금과 순 임금 시대)라고 한다. 우리나라의 단군이나 세종대왕과 같이 요와 순 임금은 인격이 훌륭하고 나라를 백성 위주로 다스려서 살기 좋은 세상을 만들었다. 요 임금의 인품이 올바르므로(수신:修身) 가정이 옳게 다스려져서 화목하였다.(제가:齊家) 그러므로 나라를 올바르게 다스릴 수 있었고(치국:治國) 천하의 모든 나라가 전쟁 없이 사이 좋게 평화를 누리게 된 것이다.(평천하:平天下)

■ 요 임금이 말했다.

"짐이 왕위에 오른 지 어언 70년이 되었으니 보위를 이

56

을 사람을 구해야겠소. 지혜롭고 어진 사람을 천거하되 숨어 지내는 사람과 천한 사람을 가리지 마시오."

많은 신하들이 아뢰기를,

"평민 중에 적당한 사람이 있는데 그 이름은 우 순이라 합니다."

요 임금이 말했다.

"짐도 들은 일이 있는데 그 사람에 대해서 자세히 말해 보시오."

사악*이 아뢰었다.

"고수*의 아들인데 그 아버지는 어리석고, 그 어머니는 간사하고 악독하며, 이복 동생인 상(象)은 교만합니다. 그러나 순은 효도로서 가정의 화목을 지키고 지극한 정성으로 집안을 잘 다스려 식구들이 모두 크게 감동했다고 합니다."

요 임금이 말했다.

"짐이 그를 시험해 보리라. 두 딸을 그에게 시집보내 그애들을 통해서 그의 인격과 행동을 보리라."

요 임금은 두 딸을 우씨 집의 며느리로 보내면서,

"잘 받들어라." 하였다.

★ 사악 : 제후들을 통치하는 관리.

★ 고수 : 장님이란 뜻으로, 순의 아버지를 가리킨다. 실제로는 장님이 아니나 계모가 열 번이나 순을 죽이려고 하였음에도 이를 막지 못했다고 하여 붙여진 것이다.

순 임금

순 임금은 신중하고 어질며 현명하였다. 부모에게 공손하고 효도하며 진지하고 확실하여 형제 사이에 우애 있게 지냈다. 그리하여 그의 이런 덕행이 요 임금의 귀에까지 들어가게 되어 벼슬하라는 명령을 받게 되었다. 임금이 오륜(五倫)을 아름답게 하라고 명령하자 순이 덕성을 발휘하여 모든 백성이 그것을 잘 지키게 되었다. 재상에 임명되니 나라 일을 질서정연하게 잘 처리하였다. 사대문에서 각 지방의 제후들을 영접하니 사대문에는 화기애애한 기운이 넘쳐흘렀다.   -서경-

그리고 큰 숲 속으로 순을 몰아 넣었으나 사나운 바람과 천둥이 치고 비가 쏟아지는 가운데서도 방향을 잃지 않았다.

요 임금이 말하였다.

"순에게 알리노라. 그대에게 일을 맡기고 살핀 지 어언 3년이 되었소. 그대의 말과 행동을 보아 훌륭한 업적을 이룰 수 있으리라 믿소. 그대가 왕위에 오르도록 하시오."

그러나 순은 겸손과 사양하는 덕을 발휘하여 왕위에 오르지 않다가 정월 초하루에 요 임금의 뒤를 이어 왕위를 물려받게 되었다.

문 왕

■ **문**왕★이 세자였을 때 하루에 세 번씩 부왕에게 문
안드렸다. 첫 닭이 '꼬끼오' 하고 새벽을 알릴 때 옷을 입
고 부왕의 침실 문 밖에 이르러 왕을 모시고 있는 사람에
게 부왕의 안부를 물어 편안하다고 하면 비로소 기뻐하였
다. 점심때가 되면 다시 왕의 처소에 가서 이와 같이 하였
다. 그리고 저녁때 또 가서 그렇게 하였다.

때로는 부왕의 몸이 불편하다는 사실을 알게 되면 걱정
한 나머지 발걸음조차 허둥댈 정도였다. 왕이 회복되어
기거와 음식 먹는 것이 평상시 상태로 돌아가야 문왕도 전
과 같은 태도를 되찾았다.

음식을 올릴 때는 반드시 음식의 차고 더운 것이 적당한
지 살폈으며, 밥상이 물려 나오면 무엇을 얼마나 잡수셨
는가를 물어서 건강 상태를 알았다. 그리고 담당 관리에
게 명령하여 남은 음식은 다시 올리지 말라고 하고 그렇게
하겠다는 대답을 들은 다음이라야 비로소 물러갔다.

무왕★은 아버지인 문왕이 할아버지를 섬기던 것을 본받
아 행하였다. 문왕이 병이 드니 무왕은 쉴 틈도 없이 모시

었다. 문왕이 한 번 밥을 먹으면 무왕도 한 번 밥을 먹고, 문왕이 두 번 밥을 먹으면 무왕도 두 번 밥을 먹었다. 무왕의 정성으로 열 이틀만에 문왕의 병이 나았다.

−예기−

★ 문왕, 무왕 : 주나라의 왕. 모두 어질고 정치를 잘하여 주나라는 태평성대를 누렸고 많은 영토를 확장하였다.

5

손실에 대하여

재산을 줄게 하는 여섯 가지

재산을 줄게 하는 6가지 행동이 있다.

첫째, 술에 빠지는 것,

둘째, 노름하는 것,

셋째, 방탕하게 지내는 것,

넷째, 여자에게 정신을 잃는 것,

다섯째, 나쁜 벗을 사귀는 것,

여섯째, 게으른 것이다.   -경전-

술 - 여섯 가지 손실

술을 많이 마시면 여섯 가지 손실이 있다.

재물을 없애며

병이 나고

싸우게 되며

나쁜 평판을 받는다.

또한 사납게 성을 내게 되며

지혜가 날로 줄어든다.   -경전-

노름 – 여섯 가지 손실

노름할 때도 6가지 손실이 있다.

첫째, 재산이 날로 없어지고 슬픔에 빠지며

둘째, 이기더라도 미움을 받거나 원한을 얻고

셋째, 나무람을 듣게 되며

넷째, 사람들이 공경하지 않고 친구들도 믿지 않게 되고

다섯째, 사람들이 멀리하며

여섯째, 노름빚을 갚기 위해 도둑질할 마음을 갖게

되는 것이다.   -경전-

방탕 - 여섯 가지 손실

방탕할 때도 6가지 손실이 있다.

자기 몸과 재물, 배우자와 자식을 보호하지 못하며

항상 스스로 놀라고 두려워하게 되고

모든 괴로움과 나쁜 것이 항상 그 몸을 감싸고 있으며

허망 내기를 좋아하게 되는 것이다.　　-경전-

좋은 듯하면서 해로운 것 열 가지

좋은 듯하면서 해로운 것이 있으니 마땅히 깨달아야 한다.

첫째, 겉이 아름다운 말,

둘째, 공경하고 순종하는 척 하는 것,

셋째, 나쁜 벗,

넷째, 두려워해서 억지로 친하는 것,

다섯째, 좋은 것과 나쁜 것을 모두 따르는 것,

여섯째, 어려움이 있으면 버리는 것,

일곱째, 겉으로 착한 척 하면서 가만히 방해하는 것,

여덟째, 위태로운 일이 생길 때는 곧 배척하는 것,

아홉째, 속이는 것,

열째, 작은 잘못만 보아도 곧 매질하는 것이다.

-경전-

6

도리에 대하여

도 리(道理)

많이 배우고 예의로 몸가짐을 단속하면 도리에서
어긋나지 않게 된다.　　−논어−

사람이 마땅히 행해야 할 세 가지

사람이 마땅히 행하여야 할 세 가지는
첫째, 자기의 잘못을 고치고,
둘째, 사랑하고 가엾이 여기며(자비),
셋째, 남의 일을 할 때 자기 일처럼 하는 것이다.
　　　　　　　　　−경전−

자식의 도리

자식이 된 사람은 부모를 공경하고 순종하되 첫째, 힘
써 받들어 모자람이 없게 하고, 둘째, 할 일이 있으면
먼저 부모에게 말하며, 셋째, 부모의 말을 잘 들어서 거
스르지 않으며, 넷째, 부모의 바른 명령을 어기지 않는
것이다.   ─논어─

♥ ♥ ♥ 불교에서는 효도를 소중하게 생각하여 부모 은
혜의 소중함에 대한 이야기를 쓴 부모은중경(父母恩重經)
이라는 경전이 별도로 있을 정도이다.

그런데 불교 국가인 고려시대에 부모가 늙어서 쇠약해
지면 산에 버리는 소위 '고려장' 이야기가 있다. 그것은 인
도의 이야기가 고려시대에 있었던 것처럼 잘못 전해진 것
이다.

잡보장경에 나와 있는 인도 기로국에 있었던 이야기가
승려들에 의해 일반인에게 이야기로 전해오다가 불교를
억제한 조선시대 500여 년을 지내오면서 그것이 어느 나
라의 이야기인지 아는 사람이 드물게 되었다. 그럴 즈음

에 '인간칠십고래희(人間七十古來稀)'★라는 말이 '인간칠
십고래장'으로, 다시 '인간칠십고려장'으로 변형된 채 전해
지면서 고려 때 있었던 풍습으로 알려지게 된 것이다.

■■■ 옛날에 인도에 기로국이라는 나라에 노인을 버리
는 법이 있었다. 한 대신에게 늙은 아버지가 계셨는데 국
법에 따라 버려야 하지만 효도하는 마음에 차마 그럴 수
없어서 땅을 깊이 파고 방을 만들어서 아버지를 그 안에
모시고 정성으로 섬겼다.

그 때 천신(天神)이 나타나서 왕에게 말하였다.
"내가 내는 문제를 모두 맞추면 나라가 편하겠지만 한 가
지라도 맞추지 못하면 나라가 이레 뒤에 멸망할 것이다."
천신은 왕에게 문제를 냈다.
"이 큰 코끼리의 무게는 얼마나 되는가?"
왕은 이 말을 듣고 매우 걱정이 되어서 여러 신하들과
의논하였으나 아는 사람이 없었고 온 나라에 알렸으나 아
무도 몰랐다.
대신은 그 아버지에게 여쭤 보았다. 그의 아버지는,
"코끼리를 배에 싣고 못에 뜨게 해 배가 물에 잠기는 부

★ 인간칠십고래희(人間七十古來稀) : 70살까지 사는 사람은 옛날부터
지금에 이르기까지 드물다는 뜻이다.

분에 표시를 하고, 코끼리를 내려놓은 다음에 다시 그 배에 돌을 싣고 와 배가 물에 잠기는 부분이 앞의 표시와 같을 때 그것이 코끼리의 무게이다."

라고 하자 대신은 이 말을 그대로 천신에게 말하였다.

천신은 다시 모양과 색깔이 같은 두 마리의 흰말을 두고 물었다.

"어느 것이 어미이고 어느 것이 새끼인가?"

왕과 신하 중에 아무도 대답하는 사람이 없었다.

대신은 또 아버지에게 물었다.

"풀을 주어 먹게 해 보면 어미는 풀을 밀어 새끼에게 줄 것이다."

이와 같이 묻는 것을 모두 다 맞추었다.

왕이 매우 기뻐하며 그 대신에게 어떻게 천신이 낸 문제에 모두 답할 수 있었는지 물어보니, 대신은 나라의 법을 어기고 아버지를 땅속에 숨겨둔 사실과 그 아버지의 지혜로 알게 된 사실을 말하고 노인을 버리지 않도록 법을 고쳐줄 것을 건의했다.

왕은 그 대신의 아버지를 스승으로 삼았으며, 노인 버리는 법을 폐지하고 온 백성이 부모에게 효도하게 하였다.

효도하는 사람의 자식은 효도하며, 부모에게 도리에 어긋난 행동을 하는 사람은 자식도 또한 그러하게 된다. 이 말이 믿어지지 않으면 처마에서 떨어지는 낙수를 보라. 한 방울 한 방울이 어김없이 그 자리에 떨어진다.

-명심보감-

♥ ♥ ♥ 부모에게 효도하면 그 하는 말과 행동을 보며 자라는 아이들의 정신에 스며들어서 자식도 자연히 부모에게 효도하고 할아버지, 할머니에게도 잘하여서 가족이 화목하게 된다.

불효하면, 아이들이 불효하는 것을 나쁘게 생각하는 마음이 적어지고 그것이 눈에 익어서 커서는 부모에게 불효하게 된다.

아이에게는 많이 먹었는지 따뜻한지 항상 물어보면서 낳아주고 길러준 부모에게는 제때 드셨는지 춥지는 않으신지 어쭙지 않은 적은 없는지 반성해 보고 부모 공양에 힘을 다하라.

부모가 사랑하면 기뻐하면서 잊지 말고, 부모가 미워하면 조심하면서 원망하지 말라. 부모에게 잘못이 있으면 간하되★ 거스르지 말라.

★ 간하다 : 임금이나 윗사람에게 옳지 못한 일을 고치도록 말하다.

부모의 다섯 가지 사랑

부모는 다섯 가지로써 자식을 사랑해야 한다.

첫째, 자식을 타일러서 그릇된 행위를 하지 못하게 하며,
둘째, 잘 가르쳐서 바른 길로 이끌고, 말과 행동을 바르
　　　게 하여 부모가 모범을 보여 주며,
셋째, 부모의 사랑이 뼛속까지 스며들도록 하고,
넷째, 자식을 위해서 좋은 배우자를 구해 주며,
다섯째, 자립할 때까지 때에 따라 필요한 것을 주는 것
이다.　-경전-

　♥♥♥ 어머니가 항상 사랑의 마음으로 대하고, 잘못이
있을 때도 꾸중하기 전에 먼저 이유를 물으며, 그만한 이
유가 있거나 부득이한 경우였을 때는 그 마음을 이해하
고, 필요하면 타일러서 잘못을 깨우치도록 해서 바른길로
가도록 이끌면 어머니 얼굴만 봐도 밖에서 생긴 스트레스
가 풀린다.
　부모의 사랑이 지극하면 표정과 태도, 목소리에서 나타

난다. 새벽에 오솔길을 걸으면 자신도 모르게 바짓가랑이에 이슬이 조금씩 스며들어서 시간이 지남에 따라 흠뻑 젖듯이 사랑이 담긴 표정과 태도, 목소리가 아이에게 전달되어서 사랑이 가슴속 깊이 스며든다.

　사랑은 밖에서 생긴 정신적인 피로, 불만 등을 용광로같이 다 녹이고 어려움을 극복할 수 있는 힘이 생기게 한다.

　사랑은 마음을 안정되게 해서 유혹에 견디는 힘을 주며 건전한 사회인으로 자라게 한다.

스승의 제자 보살핌

스승은 제자를 일정한 규칙과 도리에 따라 대하고,

모르는 것을 가르쳐 주되,

언제든지 물어보면 자세히 알게 해주며,

좋은 벗을 사귀도록 지도하고,

아낌없이 아는 것을 다 가르쳐 줌으로써

제자를 잘 보살펴야 한다.

-경전-

부 부(夫婦)

부부가 서로 다른 남녀와 다르게 대해야 부모와 자식이 친밀하게 되고, 부모와 자식이 친근한 다음에 올바른 도리가 생기고, 올바른 도리가 생긴 다음에 예의가 일어나고, 예의가 일어난 다음에 모든 것이 안정된다.

만약 부부와 다른 남녀와의 구별이 없고 부부 사이에 지켜야 할 도리를 지키지 않는다면 그것은 짐승과 같다. 부부가 서로 공경하고 사랑하는 것은 옛날의 현명한 왕이 천하를 잘 다스릴 수 있는 바탕이 되었다.

—예기—

♥♥♥ 부부 사이가 좋으면 자식들과도 가깝게 되고, 부부와 가족이 서로 해야 할 도리를 다하게 된다.

다툼이 많으면 부모와 자식 사이도 멀어지고, 서로가 할 도리를 제대로 하기 어렵게 되며 자식이 방황한다.

옛날 삼대 밝은 왕의 정치는 아내와 자식을 공경했기 때문에 올바른 도리를 이룰 수 있었다. 아내는 집안일을 담당하는 주인이니 공경하지 않을 수 있겠는가? 아들은 어버이의 뒤를 이을 사람이니 공경하지 않을 수 있겠는가? 군자는 공경하지 않는 것이 없으니 자신을 공경하는 것을 중요하게 여긴다. 몸이라는 것은 어버이에게서 나온 가지이니 공경하지 않을 수 있겠는가?   -예기-

　♥♥♥ 사람을 제대로 사랑하려면 마땅히 해야 할 일, 즉 예의를 중요하게 생각해야 하고 예의를 잘 지키려면 공경해야 한다. 얕보는 마음을 가지면서 예의를 지킬 수 없다. 그러므로 아내와 자식을 공경해야 한다는 것이 공자의 사상이다. 남자와 여자는 둘 다 필요한 존재이므로 서로 존경해야 한다는 바탕이 깔려 있다.

자기 아내를 제 몸 같이 사랑하고 아내는 남편을 존경하고 따르라. 자기 아내를 사랑하고 자기 남편을 존경하는 것은 자기를 사랑하고 존경하는 것과 같이 이롭다.

-성경-

부모가 걱정이 없는 것은 자식이 효자이기 때문이고 남편이 괴로워하지 않는 것은 아내가 어질기 때문이다. 자식이 효도하면 부모의 걱정이 없고 아내가 어질면 남편이 괴로워하지 않는다.   -명심보감-

♥♥♥ 어진 배우자는 인격이나 성격이 좋은 사람을 말한다. 성격이 좋은 사람은 이해심이 많고, 배우자가 잘못할 때에는 잔소리하거나 고함지르기보다는 옳게 하도록 이끌고, 말할 때에는 이런 말을 하면 마음 상하지 않을까 하고 상대방의 마음을 헤아려서 하므로 마음 상하게 하는 말을 하지 않는다.

성격이 나쁜 사람은 그와 반대로 상대방을 이해할 줄 모르고 상대방이 마음에 상처를 받든 괴로워하든 가리지 않고 말을 한다. 그러므로 스트레스를 받을 때가 많고 심하면 괴로움을 느낀다.

사람의 도리 열 가지

어버이의 사랑, 자식의 효도, 형의 어짐, 아우의 공경,
남편의 올바른 행동, 아내의 따르는 마음, 어른의 은혜,
어진 이의 순함, 임금의 어짐, 신하의 충성, 이 열 가지
를 사람의 도리라고 한다.

또 서로 믿을 수 있도록 힘쓰고 친밀하게 지내는 것이
모든 사람의 이익이다.

열 가지 도리가 행해짐으로써 사람들에게 다른 사람을
믿는 마음이 생기고, 서로 사양할 줄 알게 되며, 서로
빼앗는 일이 일어나지 않는다. —예기—

7

예의에 대하여

예 의

공경하여도 예의를 지키지 않으면 헛수고이며,

신중하여도 예의가 없으면 위축되고,

용기가 있으나 예의가 없으면 난폭하게 되며,

강직하나 예의가 없으면 박절하게 된다.

-논어-

극기복례(克己復禮)

자기를 억제하여

예의로 돌아가는 것이 어진 것이다.

예의에 벗어난 것은 보지 않으며,

예의가 아니면 듣지 않으며,

예의가 아니면 말하지 않으며,

예의가 아닌 행동은 하지 말라.

-논어-

마땅히 해야 할 일

앉을 때나 서 있을 때는 바르게 앉고 바르게 서야 한다.
예의는 당연히 해야 할 일을 하는 것이며 다른 나라에
가서는 그 나라의 풍속을 따른다. -예기-

　♥ ♥ ♥ 형수나 제수의 손을 잡는 것은 예의에 어긋나지
만 물에 빠졌을 때는 구하기 위해서 손을 잡아야 한다.
　마땅히 해야 하는 일을 하는 것이 예의를 제대로 실행하
는 것이다.

자기 몸을 잃고 집안을 파괴하며 나라를 망치는 사람은 틀림없이 예의를 버렸기 때문이다. 술을 만드는 데 누룩이 꼭 있어야 되는 것과 같이 사람에게 예의는 중요하다. 올바른 사람은 예의를 중요하게 여기지만, 소인은 예의를 가볍게 생각한다. -예기-

♥♥♥ 예의는 인사 잘하고 옷차림을 단정하게 하는 것 뿐 아니라 당연히 해야 할 일을 하는 것이다. 자기 마음을 다스리지 않으면 자신과 집안에 손해를 끼치고, 공직에 있는 사람이 해야 할 일을 제대로 하지 않으면 나라에 손해를 끼친다.

가난하여 묽은 죽을 먹고 물을 마실지라도 마음을 기쁘게 해드리면 그것이 효도이고, 어버이가 돌아가셨을 때 장례를 정해진 절차대로 치루지 못하더라도 자기의 재산에 맞게 최선을 다하면 그것을 예의라고 한다.

−논어−

♥♥♥ 공자의 제자 자로가 매우 가난해서 부모가 살아 계실 때에 맛있는 음식을 제대로 드리지 못했고 돌아가셨을 때 장례를 정해진 절차대로 하지 못함을 슬퍼하는 것을 듣고 공자가 한 말이다.

부모에게 효도하는 것은 물질보다 부모의 마음을 기쁘게 하고 편안하게 하는 것이 진정한 효도이며, 장례 때는 절차보다 정성을 다하는 것이 더 중요하다. 장례는 형편대로 정성을 다하여 하면 되나 절차를 지킬 경제력이 있는데도 정성을 앞세워서 생략하는 것은 옳지 않다.

혼란을 막기 위한 것

예의는 혼란을 막기 위해서 생긴 것이다. 이것은 마치 강물이 마을로 들어오는 것을 제방으로 막는 것과 같다. 따라서 옛날의 제방을 가지고 필요 없는 것이라고 하여 무너뜨리는 사람은 반드시 물의 피해를 입게 되고, 옛날에 만든 예의가 필요 없는 것이라 하여 버리는 사람은 반드시 문란하게 되어서 근심이 생기게 된다.

-예기-

♥♥♥ 예의는 옛 사람들이 오랜 경험을 통해서 필요성을 느끼고 만든 것이다. 수천 년 동안 실천하면서 고칠 것은 고치고 보완하였기 때문에 완벽하다고 할 수 있다. 현재까지 전해지는 예의는 현대사회의 기준으로 봐도 거의 대부분 그대로 지켜야 하는 것이다.

예의는 나쁜 길로 들어가는 것을 막아서

날로 바른 것을 가깝게 하고,

죄에서 멀어지게 한다.

－예기－

사람다운 것

대체로 사람이 사람다운 것은 예의가 있기 때문이다.
예의의 출발은 몸가짐을 바르게 하고 얼굴빛을 가지런
히 하며 대답하는 말을 순하게 하는 데 있다.
그런 다음에 예의가 갖추어지면 부모와 자식이 친하며
나이 든 사람과 나이 적은 사람이 화목하게 된다.
부모와 자식이 친밀하고 어른과 아이 사이가 화목해야
예의가 바로 선다. -소학-

사랑과 존중

부모를 사랑하지 않으면서 다른 사람을 사랑하는 것은
도리에 어긋나고, 부모를 존경하지 않으면서 다른 사람
을 존경하는 것은 예의에 어긋난다.   -소학-

♥♥♥ 사랑과 존중은 작은 것에서부터 시작된다.

부모가 직장에서 돌아오면 인사하고, 말을 공손히 하며,
생일과 나이를 제대로 아는 것은 사랑과 존중의 발로이다.

다른 사람에게는 인사를 잘 하면서 부모에게 인사하는
것은 소홀히 하지 않는지, 다른 사람에게는 공손히 말하
면서 부모에게는 거칠게 말하는 경우가 없는지, 인기 연
예인의 생일과 나이는 외우면서 부모의 생일과 나이는 모
르고 있지는 않은지 되돌아 봐야 한다.

8

부모에 대하여

가장 큰 효도

효도 중에 부모를 높이는 것보다 더 큰 효도는 없다.

-맹자-

♥ ♥ ♥ 이제까지 부모의 연세가 많으면 고이 모시는 것만을 효도로 알아 왔으나 이제 효도의 개념을 바꿔야 한다. 하고 싶어 하시면 가벼운 일을 하시도록 하는 것이 좋다. 사람은 일을 함으로써 삶의 보람을 느낀다. 그러므로 하는 일 없이 심심하게 여생을 보내는 부모님께 힘들지 않은 일거리를 마련해 드릴 필요가 있다.

그리고 집안 일을 처리하기 전에 부모님께 여쭤보고 참여하시게 하면 부모는 외로움을 느끼지 않게 되고 가족의 일원이라는 긍지를 갖게 된다.

사람은 하고 싶은 일을 하는 것이 행복하다. 비록 다른 사람이 보기에는 하찮은 노점상을 하더라도 부모가 그로 인해 즐거움을 느낀다면 행복한 삶을 살고 있는 것이다. 그러므로 다른 사람의 눈을 의식해서 못하게 하면 삶의 즐거움을 빼앗는 것이 된다.

효도는 재물이 많아야 할 수 있는 것이 아니다. 마음을 편하게 하는 것이 가장 큰 효도이다. 경제사정이 좋아지면 효도하겠다고 생각하고 미루면 부모가 돌아가시고 나서 후회하게 된다.

'자식이 부모에게 효도하려고 하나 부모가 기다려주지 않는다' 는 말을 되새겨 볼 필요가 있다. 오히려 경제사정이 어려운데 비싼 것을 선물하면 부담스러워 한다. 작은 것이라도 따뜻한 마음을 전하면 되는 것이다.

다섯 가지 불효

세상에서 말하는 다섯 가지 불효는

게을러서 팔다리 놀리기를 게을리 하여 부모를 봉양하지

않는 것,

노름하고 술을 좋아하며 부모를 봉양하지 않는 것,

아내와 자식만 좋아하여 부모를 봉양하지 않는 것,

듣고 보는 놀이와 물건에 대한 욕구를 충족시키느라 나쁜

짓을 하여 부모를 욕되게 하는 것,

용맹을 좋아하여 싸우고 거친 행동을 하여 위난이 부모

에게까지 미치게 하는 것이다.

-맹자-

부모의 영향

사람이 원래 타고난 본성이 착한 것은 물이 아래로 흐르는 것과 같다. 원래 착하지 않은 사람은 없고, 아래로 흐르지 않는 물은 없다.
물을 손으로 치면 이마 위로 뛰어오르게 할 수 있고 물을 밀면 산 위로 흘러가게 할 수도 있다. 그러나 그것이 물의 본성이라고 할 수 있겠는가? 그것이 아니라 외부의 힘에 의해서 그렇게 되는 것이다.
사람을 나쁘게 만들 수도 있는데 그것도 외부의 힘에 의해서 그렇게 되는 것이다.   -맹자-

♥ ♥ ♥ 맹자의 성선설(性善說)이다. 사람이 원래 타고난 성격은 착하나 환경에 따라서 착한 본성을 유지하기도 하고 나쁜 성격을 가지게 되기도 한다. 가정환경은 가장 큰 영향을 주고 친구, 학교와 사회는 그 다음 영향을 준다. 그러나 자기의 하고자 하는 의지와 노력에 따라서 주위의 환경을 개선할 수 있다.

부모님께 대한 태도

부모가 시키는 일이 있으면 적어 놓고 속히 실행하고,
일을 마치면 그 사실을 말해야 한다.

부모가 시킨 일 중에 할 수 없는 것이 있으면 그것의 옳
고 그름과 이롭고 해로운 점을 구체적으로 말하여서 부
모가 허락하면 고쳐서 하고, 고칠 것을 허락하지 않으
면 큰 해가 없으면 당연히 자신의 생각을 굽혀서 따라
야 한다.

만약 부모가 시키는 일이 옳지 않다고 생각해 물어보지
않고 바로 자기의 뜻대로 행하면 자신의 생각이 옳더라
도 말을 듣지 않는 자식이 된다. 하물며 자신의 생각이
옳지 않은 경우에야!   -소학-

9

말에 대하여

귀에 거슬리는 말

귀에 거슬리는 말을 많이 들으면 이는 곧 덕을 높이고 행실을 닦는 숫돌이 된다. 만약 날마다 귀를 기쁘게 하는 말만 즐겁게 듣는다면 이는 곧 인생을 독 속에 묻는 것과 같다.   -채근담-

　진시황의 아들 호해는 왕위에 오르고부터 나랏일을 뒷전으로 하고 놀기 좋아하고 방탕했다. 그래서 신하들이 나라를 위해서 하는 옳은 말은 듣기 싫어했다.

　관리들의 부정부패가 만연하고 백성들이 착취에 시달렸다. 그럴 즈음 진승이 대규모 반란을 일으켰고, 그 사실을 그곳의 관리가 급히 조정에 보고했다.

　"농민들이 반란을 일으켜서 관원을 습격하였고 세력이 점점 커지고 있습니다." 하자

　"뭐, 네 이놈! 천자인 내가 있는데 그런 일이 있을 수 있느냐? 저 놈을 당장 하옥하여라!"

　하며 화를 내었다.

　얼마 후에 두 번째 사자가 도착했다가 그 사실을 듣고는

이렇게 말했다.

"도적들이 반란을 일으켰으나 그 수가 적어서 별 것 아닙니다. 곧 진압될 것이니 폐하께서는 조금도 염려하지 마십시오."

"그러면 그렇지."

왕은 기분이 좋아서 그에게 후한 상을 내렸다. 조정에서 지원군이 내려가지 않자 반란군은 더욱 세력이 강해졌고 일부 관군들도 가담했다.

사태가 심각해지자 왕은 신하들을 불러서 대책을 물었다. 왕이 이제 정신차려서 제대로 알기 시작했다고 생각한 신하들은 소신대로 아뢰었다.

"반역하는 사람은 누구든지 엄벌해야 합니다."

"빨리 대규모 군대를 파견하여 진압하도록 하십시오."

그 말을 들은 왕은 얼굴색이 변했다. 자기 앞에서 감히 반역이라는 말을 하는 것을 용서할 수가 없었다. 불호령이 떨어지려는 순간 숙손통이 얼른 앞으로 나서며 말했다.

"폐하, 대신들의 말은 옳지 않습니다. 지금 천하는 통일되었으며, 각 국의 성은 허물었고, 무기는 모두 녹여서 농기구를 만들었습니다. 훌륭하신 폐하의 어지심으로 인해서 백성들은 생업에 종사하며 풍족한 생활을 하고 있으며 폐하의 은덕을 칭송하고 있는데 누가 감히 반란을 일으키겠습니까? 소란을 일으킨 도적들은 창고의 곡식을 훔치는 쥐새끼와 같은 것들입니다. 관원들이 모두 잡아서 문초하고 있으니 염려하지 마십시오."

그제야 안색이 돌아온 왕은 반역이란 말을 한 신하들을 문책하고 숙손통에게는 많은 비단과 좋은 물건을 하사하였다.

호해는 폭정한끝에 신하에게 시해 당하고 진나라는 유방에게 멸망당했다.

충 고 (다섯 가지 생각)

　남을 충고하려고 할 때는 다음 다섯 가지를 생각하고 충
고해야 한다.

　　첫째, 충고할 만한 때를 가려서 말하고, 알맞지 않을 때
　　　　에는 말하지 않으며,
　　둘째, 진심으로 충고하되,
　　셋째, 부드러운 말씨로 이야기하고 거친 말을 쓰지 않으며,
　　넷째, 의미 있는 일에 대해서만 이야기하고,
　　다섯째, 인자한 마음으로 말하며 성난 마음으로는 말하
　　　　지 않는다.

조 언(助言)

다른 사람의 조언을 잘 들어라. 그리하면 지혜롭게 되리라.   -성경-

■ 제나라 사람 안영은 조세를 감면해 주고 부정부패를 없애는 등 정치를 잘하여 신망을 한몸에 받았던 훌륭한 재상이다.

안영은 키가 작았는데, 안영의 마차를 모는 마부는 이름난 재상의 마차를 몬다는 자부심이 지나쳐서 우쭐거리고 거들먹거렸다.

어느 날 마부의 아내가 남편에게 충고했다.

"재상은 키는 작으나 명성을 날리는 재상이 되었는데 당신은 키가 크고 덩치가 우람하면서도 마부 노릇이나 하면서 무슨 대단한 벼슬이나 하는 것처럼 우쭐대면서 거만하군요. 이제부터는 겸손한 마음을 가지고 정성을 다해서 열심히 일하십시오."

아내의 충고를 듣자 마부는 자신의 잘못을 깨닫고 그 때부터 재상을 편안히 모셨으며 다른 사람에게도 다정하고 공손하게 대했다.

　마부의 태도가 크게 바뀐 것을 안 재상이 그 까닭을 물어보니 마부는 아내의 충고를 듣고 자신을 고치게 되었다고 말했다.

　"자네는 내가 많은 책을 통해서 성인의 말을 듣고 깨달은 것을 단번에 깨달았군"

　그 후 재상 안영은 마부를 대부(大夫)의 벼슬에 천거했다.

향기가 사람의 마음을 즐겁게 하는 것과 같이 친구의 진실한 조언은 향기가 나는 꽃과 같이 아름답다.

　　　　　　　　　　　　　　　　　　　-성경-

10

기 타

이 웃

향을 쌌던 종이는 향기가 나고, 생선을 엮었던 새끼는 비린내가 나는 것과 같이 사람은 원래 깨끗하지만, 모두 인연을 따라 죄와 복을 부르는 것이다.   -경전-

어진 사람을 가까이 하면 도덕과 올바름이 높아가고, 어리석은 사람을 친구로 하면 재앙과 죄가 따르는 것이다. 사람은 모두 조금씩 물들어 그것을 익히지만 스스로 그렇게 되는 줄 모를 뿐이다.

나쁜 사람과 어울리지 말며 나쁜 사람이 걷는 길로 가지 말라. 올바른 사람이 가는 인생 길은 돋는 햇빛같이 점점 빛나서 성공에 이르거니와, 나쁜 사람이 가는 길은 어두움과 같아서 자신에게 해가 되어도 그것을 깨닫지 못한다.   -성경-

마 음

마음이 앞서가고 마음이 주인이며 마음에 의해서 모든
행위가 생긴다. 마음 속에 나쁜 일 생각하면 그 말과 행
동도 또한 그러하며 그에게는 괴로움이 따른다. 마치
수레가 황소를 따르듯이.   -경전-

■ 어느 한 여인이 눈이 아프고 잘 보이지 않게 되자
눈병을 고치려고 그 지방에서 가장 유명한 의사를 찾아갔
다. 그 여인은 눈병이 악화되어서 맹인이 될까봐 몹시 걱
정이 되어서 "눈병을 고쳐주면 평생 나와 자식들은 당신
의 노예가 되겠습니다." 라고 하였다. 오직 눈병을 고치려
는 일념에서 생각지도 않았던 약속을 한 것이다.

여인의 말에 만족한 의사는 자기가 지닌 능력을 다 발휘
하여 좋은 약을 지어 주었고, 그 약을 바르자 여인의 눈이
잘 보이게 되었다.

그런데 병이 낫자 여인은 고민에 빠졌다. 한때의 성급한
마음으로 한 약속 때문에 자기와 자식들까지 의사의 노예
가 되어야 한다는 것을 생각하니 두렵고 괴로웠다. 그래

서 생각한 끝에 의사를 속이기로 하고 일부러 눈이 더 악화되었다고 거짓말을 하였다.

그러자 의사는 거짓말이라는 것을 알고 화가 나서 눈이 머는 약을 발라주었다. 여인의 눈은 다시 나빠져서 결국 아무 것도 보지 못하게 되었다.

눈을 멀게 해야겠다는 나쁜 마음은 그로 하여금 눈이 머는 약을 짓게 했다.

의사는 전생의 이 같은 행위의 과보로 맹인이 되었다.

세찬 바람이 불고 비가 억수로 쏟아지는 곳에서는 다리를 꿋꿋이 세워야 쓰러지지 않듯이, 어렵고 괴로울 때는 마음을 굳세게 가져야 한다.

목적을 이루었을 때는 더 나은 발전을 위해 노력해야 하고, 부정한 일의 유혹을 받을 때는 빨리 머리를 돌려 피해야 한다.   -채근담-

오랫동안 엎드린 새는 반드시 높이 날고, 빨리 피는 꽃은 일찍 시든다. 이것을 알면 발을 헛디딜까 걱정하지 않아도 되며, 조급한 마음이 없어질 것이다.

참된 이익

비록 배운 것이 많을지라도 바르게 행동하지 않으면 마치 남의 목장의 소를 세는 목동과 같이 아무런 이익이 없다.

비록 적게 배웠어도 말과 행동을 바르게 하여 나쁜 생각과 성냄과 무지를 없애고, 진리를 올바르게 이해하여 번뇌가 더 이상 자라지 않으면 이것이야말로 참된 이익이다.   -경전-

절 제

마음이 쾌락을 추구하고 오관을 잘 다스리지 않으며

음식을 먹는 때와 양을 조절할 줄 모르고

게으르고 노력을 하지 않으면

마치 뿌리 약한 나무를 바람이 쓰러뜨리듯이

악마는 마침내 그를 쓰러뜨린다.

-경전-

말조심

항상 내 입을 잘 지키어 말을 신중히 하라. 성내는 마음에서 나를 지키자. 나쁜 말을 멀리하고 좋은 말을 입으로 익히자. -경전-

♥ ♥ ♥ 무심코 한 말이 상대방에게는 상처가 되기도 하고 용기를 주어서 인생의 전환점이 되기도 한다.

"너는 못해. 네 재주에 무슨 그런 걸 해."라는 말을 들으면 의기소침해지고 마음이 어두워지며 기분도 나빠진다.

그러나, "너는 할 수 있어, 노력해봐. 그러면 틀림없이 될 거야."라는 말을 들으면 용기가 나고 마음도 밝아진다.

공부 못하는 자녀가 있을 때 어머니가 다른 사람에게 "이 애는 공부를 못해서 큰일이에요. 골치 아파요. 집에 오면 하라는 공부는 하지 않고 늘 만화방에 가거나 놀러만 다닌답니다."라고 하면 그 아이가 공부를 잘 하게 되기는 어렵다.

"이 애는 지금은 공부를 잘 하지 못하지만 한다고 마음만 먹으면 잘 합니다."라고 하면 '나도 노력하면 잘 할 수

있겠구나.' 하는 생각을 하게 되어 공부를 잘할 수 있게
된다.

배를 보라, 세찬 바람 속에서도 작은 키로 사공의 뜻대
로 큰 배를 운전하니 키의 크기는 작으나 그 영향은 크
다. 보라, 작은 불이 어떻게 많은 나무를 태우는가를.
말은 불과 같아서 잘못된 말 한마디로 일생에 지울 수
없는 상처를 남기는 경우가 많다.　　-성경-

사람을 이롭게 하는 말은 솜처럼 따뜻하고 사람을 상하
게 하는 말은 가시처럼 날카롭다. 사람을 이롭게 하는
말 한마디는 천금의 가치가 있지만, 마음에 상처를 주
는 말은 칼로 베는 것처럼 아프게 한다.

　　　　　　　　　　　　-명심보감-

걱정하지 말라

알면서 실행하지 않으면 모르는 것보다 못하고, 좋은
일이 있으면 즐거워하되 교만하지 말며, 재난이나 어려
운 일이 있으면 해결할 방법을 생각하고 연구하되 걱정
하지 말라.   -명심보감-

전국 시대 말기에는 유랑객이 많았는데 그 중에는
재주 있는 사람도 적지 않았다. 그들은 돈 많고 세도 있는
집에 몸을 의탁하여 지내며 때를 기다렸다.

제나라 왕족으로 높은 벼슬을 하던 맹상군은 식객이
3,000여 명이나 되었다. 그는 재주가 있으면 신분을 따지
지 않고 우대했으며 모든 식객에게 대접을 잘해 주었다.
맹상군은 그들의 재주를 기억해 두었다가 친인척이나 잘
아는 사람이 어려울 때는 그것을 해결하는 데 적합한 사람
을 보내어 도와주었다. 그러자 그의 이름과 인품이 천하
에 알려졌다.

진나라 소양왕이 맹상군의 명성을 듣고 자기 나라로 초
청하자 그는 식객 10여 명을 데리고 진나라에 갔다.

그는 소양왕에게 많은 예물을 바쳤는데 그 중 호백구는 세상에 하나밖에 없는 귀한 것이었다. 호백구는 여우 겨드랑이의 사방 한 치 남짓한 흰털가죽을 끊어 여러 장 이어 만든 갖옷으로, 많은 돈을 주고도 살 수 없는 명품이었다.

진나라 왕은 맹상군을 재상으로 임명하려 했으나 제나라 왕족이라는 이유로 신하들이 반대하자 임명을 포기하였다.

"짐이 그를 재상으로 임명하겠다고 언질을 주었는데 이제 어떻게 하면 좋을지 말해보시오."

"처형하십시오. 그래서 후환을 없애는 것이 상책입니다."

신하들의 말에 공감한 왕은 그를 죽일 생각을 하고 연금 상태에 두었다. 맹상군이 그 사실을 눈치채고 빠져나갈 궁리를 하고 있던 때에 진나라 왕의 아우가 찾아왔다. 맹상군은 그가 자기를 존경한다는 것을 알고 도움을 청했다.

소양왕의 아우는 맹상군의 간절한 요청으로 소양왕이 사랑하는 여인인 연희를 찾아가서 맹상군을 구해줄 것을 부탁했다. 그러자 그녀는 "나에게 호백구를 준다면 어떻게 힘써보겠습니다."라고 하였다.

호백구는 진나라 왕에게 준 것 하나밖에 없었기 때문에 맹상군은 식객들을 모아 놓고 논의를 했으나 아무도 대책을 말하는 사람이 없었다. 그러자 뒷쪽에 앉아 있던 한 사람이 "제가 왕의 보물창고에 들어가서 호백구를 빼내 오겠습니다."라고 하였는데, 그는 개가죽을 쓰고 개 흉내를 내어서 남의 집에 몰래 들어가 물건 꺼내오기로 잘 알려진 사람이었다.

그날 밤 그는 개가죽을 뒤집어쓰고 보물창고에서 호백구를 꺼내왔다.

호백구를 받은 연희는 왕에게 말했다.

"어질기로 소문난 맹상군을 초청해서 해친다면 훌륭한 인재는 진나라를 등지게 될 것입니다. 앞으로 우수한 인재들을 많이 등용하여 나라를 부강하게 해서 주위의 나라와 싸워 이겨야 하는데, 반대로 되면 진나라가 위태롭게 될 것입니다."

진나라 왕은 연희의 말이 옳다고 생각하고 맹상군을 풀어 주었다.

위기에서 벗어난 맹상군과 그 일행은 왕이 호백구를 빼간 사실을 알기 전에 진나라를 벗어나기 위해서 서둘러 마차를 타고 제나라 쪽으로 달렸다. 그들이 함곡관에 다다랐을 때는 한밤중이었다. 첫 닭이 울어야 함곡관 문이 열리기 때문에 더 이상 앞으로 나갈 수 없게 되어 당황하고 있을 때, 부하 중에서 짐승소리를 잘 내는 사람이 나와서 '꼬끼오!' 하고 닭소리를 내었다. 주위의 닭들이 따라서 '꼬끼어' 하자 관문을 지키는 사람은 얼른 관문을 열었고, 맹상군과 그 일행은 쏜살같이 빠져나갔다.

얼마 지나지 않아서 진나라 추격대가 도달했으나 그 때는 맹상군 일행이 이미 진나라를 벗어난 뒤였다.

현 재

지나가 버린 것을 슬퍼하지 말고, 오지 않은 것을 동경하지 말며, 현재를 충실히 살면 그 얼굴빛은 생기에 넘쳐 맑아진다.

오지 않은 것을 탐내어 구하고, 지나간 과거의 일을 슬퍼할 때 어리석은 사람은 그 때문에 꺾인 갈대처럼 시든다.   -경전-

싸 움

싸움은 성냄과 어리석음과 탐욕이 원인이며, 이 같은
싸움으로 실로 회복하기 어려운 불행을 부르게 된다.
－경전－

까삘라완투는 사끼야 족(석가 족)의 수도로 부처의
아버지가 다스리는 곳이고, 꼴리야는 꼴리야 족의 수도로
부처의 외가가 있는 곳이었다.

이 두 도시는 로히니 강을 사이에 두고 양쪽에 있었는데,
어느 해 가뭄이 들어서 농작물이 말라죽게 되고 강물도 말
라서 조금 남게 되었다. 그러자 양쪽 강가의 농민들이 서로
자기들 쪽으로 물을 끌어가려고 싸웠다. 양쪽 농민들이 충
돌하자 두 나라의 책임자들은 전쟁을 해서라도 자기 농민
들을 보호해야 한다고 생각하고 전쟁준비를 했다.

부처가 그 날도 여느 때처럼 아침 일찍 신통력으로 세상
을 널리 살펴보다가 그 사실을 알고 즉시 공중으로 날아가
서 로히니 강물의 중간에 멈추었다. 이 때 양쪽 부족 사람
들은 부처가 신통력으로 허공에 머물러 앉아 있는 것을 보
고는 모두 칼과 활과 창을 땅에 내려놓았다.

이 때 부처는 양쪽 사람들에게 말했다.

"그대들이여, 강물이 더 소중한가, 그대들의 몸에 흐르는 피가 더 소중한가? 그 둘 중 어느 것이 값진 것인가? 그대들이여, 사소한 강물을 가지고 소중한 생명을 희생시켜서는 안 되느니라. 그대들이여, 그대들의 손에 다시는 칼과 활을 잡지 마라."

부처의 말을 듣고 양쪽 농민들은 자신들의 이기적인 생각을 부끄럽게 여기고 무기를 버리고 화해하였다. 그리고 강물을 사이좋게 서로 나누어 대었다.

정 진 (精進)

비록 작은 것일지라도 끊임없이 계속하여 행하게 되면
결국에는 엄청난 이익으로 되돌아온다.   -경전-

■ **당**나라 때의 대표적 시인인 이백은 10살 때 시와
글씨에 뛰어난 재능을 보였으나 공부를 게을리 하였다.

그의 아버지는 훌륭한 스승이 있는 상의산에 들어가서
학문을 배우게 하였으나 그는 글 읽는 것을 지루하게 생각
했다.

"어려운 글을 더 이상 읽어서 뭘 해."

이백은 글 읽는 것을 견디지 못하고 산을 내려왔다.

집으로 한참 가다가 보니 한 할머니가 냇가에 앉아서 큰
돌에 도끼를 갈고 있었다.

"할머니, 뭘 하고 계세요?"

"바늘을 만들고 있단다."

"네? 도끼로 바늘을 만든다고요?"

"그래. 돌에 도끼를 갈고 또 갈고 계속 갈면 결국은 바
늘이 되는 거란다."

그 말에 이백은 깔깔 웃었다.

"아니, 그렇게 도끼를 돌에 갈아서 언제 바늘이 되겠습니까?"

"어려운 일이 있더라도 도중에 중단하지 않고 열심히 갈면 도끼인들 바늘로 만들지 못할 리가 있나?"

그 말을 듣는 순간 이 백은 깨달았다.

'그렇다. 노력해서 안될 일이 어디 있겠는가? 어렵다고 처음부터 시도하지 않기 때문이지 하면 된다. 하다가 멈추지 않고 꾸준히 하면 언젠가는 이룰 수 있다.'

이백은 집으로 가던 발길을 돌려서 다시 스승이 있는 산으로 올라갔다.

상실

슬픔은 강한 욕망에서 일어나며, 괴로움은 무엇을
구하려는 마음에서 일어난다. 욕망은 슬픔을 낳고 욕망
은 괴로움을 낳는다. 욕망으로부터 해탈한 사람은 슬픔
이 없거니 어찌 괴로움이 있으랴.   -경전-

♥♥♥ 결혼하기로 된 처녀가 신랑집으로 오다가 병으
로 죽게 되어 슬픔에 빠진 아닛티간다와, 일 년 동안 힘들
여 농사지어서 벼를 거두어들이려는 바로 전날 밤에 엄청
난 폭우가 쏟아져 곡식이 모두 휩쓸려 가버려서 깊이 상심
하는 농부에게 한 게송이다.

일단 상실한 것은 잊어야 하고, 그것으로 인해 오래 슬
퍼하거나 상심하지 말아야 한다는 뜻이다. 사랑도 넓은
의미에서는 욕망으로 본 것이다. 그럴 때는 마음을 진정
시켜야 하는데 그것은 자신뿐 아니라 죽은 사람과 가족을
위해서도 필요하다.

바르게 살기 위하여

바르게 살아가려면 사랑하고(자:慈), 가엾이 여기고
(비:悲), 기뻐하고, 버리는 네 가지 한량없는 마음을
닦아야 한다.

사랑하는 마음을 닦는 사람은 그릇된 욕심을 끊게 되
고, 가엾이 여기는 마음을 닦는 사람은 성내는 일을 끊
게 되며, 기쁜 마음을 닦는 사람은 괴로움을 끊게 되고,
버리는 마음을 닦는 사람은 그릇된 욕심과 성냄과 차별
하는 마음을 끊게 된다.

더 없는 행복

　어리석은 사람들을 가까이 하지 않고 어진 이와 가깝게 지내며 존경할 만한 사람을 존경하는 것, 자기 분수에 알맞은 집에 사는 것, 일찍이 덕을 쌓고 스스로 바르게 되기를 바라는 것, 지식과 기술을 배우고 부모를 섬기는 것, 아내와 자식을 사랑하고 보호하는 것, 가족과 친척을 사랑하고 보호하는 것과 비난받을 행동을 하지 않는 것, 일을 할 때 질서 있게 하고 술을 절제하며 덕행을 소홀히 하지 않는 것, 웃어른을 존경하고 겸손하며 감사할 줄 알며 때로는 윗사람의 가르침을 듣는 것, 인격을 수양하고 바른 행위를 하며 세상의 어려운 일에 부딪혀도 마음이 흔들리지 않고 걱정과 티가 없이 안온한 것, 이것이 더 없는 행복이다.

　이러한 일을 하면 어떤 일이 닥쳐도 실패하지 않으며, 어느 곳에서나 행복할 수 있다.　　-경전-

재 물

먼저 기술을 익혀라. 그래야만 재물을 얻는다. 재물이 충분하거든 검소하게 지내고 절약하여 재산을 지키고 보호하라.

재물을 쓰되 사치하지 말고 마땅히 도와주어야 할 사람이 있으면 가려서 주라. 남을 속이고 함부로 행동하는 사람에게는 아무리 빌어도 주지 말아라.

재물을 모으되 적은 데서 시작하라. 마치 여러 꽃의 꿀을 모으는 벌처럼. 그러면 재물은 날로 점점 불어나 마침내 줄거나 소모됨이 없으리라.

먹을 때는 적당량을 먹고, 게으르지 않으며, 먼저 모으고 쌓아 어려울 때를 대비하라. 이와 같이 하는 사람은 곧 그 집에 손해와 줄어듦이 없고 재물은 점점 불어나 바다가 온갖 물을 머금는 것과 같을 것이다.   −경전−

돈

돈을 사랑하면 모든 악의 뿌리가 된다. 돈을 사모하는 사람들은 정신이 흐려서 많은 근심에 싸이게 되고 결국은 자기를 해친다. —성경—

■ **진**나라 헌공은 괵나라와 우나라를 정복할 야심에서 신하들에게 대책을 물었다.

"괵나라와 우나라는 이웃하고 있어서 친밀한 관계입니다. 그러므로 어느 한 나라를 치면 두 나라가 같이 힘을 합쳐 대항할 것이므로 불리합니다. 우나라의 길을 빌려서 괵나라를 먼저 정벌한 다음에 우나라를 치는 것이 가장 나은 방법입니다."

"우나라 왕이 우리의 속셈을 알 텐데 과연 길을 빌려주겠소?"

"우나라 군주 우공이 재물을 아주 좋아하므로 많은 보석과 좋은 말을 선물로 주면 틀림없이 응할 것입니다."

헌공은 자기가 아끼는 물건들을 주는 것이 아까웠으나 우나라를 정복하면 물건을 다시 찾아올 수 있다는 신하의 말에 그 계략을 채택했다.

진나라 사신은 귀한 보석을 두 수레에 가득 싣고 우나라 왕을 찾아갔다.

"괵나라를 정벌하는 데 군사들이 지나갈 길을 빌려주시 면 괵나라에서 노획한 보물을 모두 드리겠습니다. 저의 왕의 요청을 받아들여 주시기 바랍니다."

재물을 아주 좋아하는 우나라 왕은 괵나라의 많은 보석 을 모두 준다는 말에 귀가 솔깃해서 충신 궁지기의 간곡한 반대에도 불구하고 허락하였다.

그 해에 진나라는 많은 군대를 동원하여 괵나라를 정복 하고 돌아오는 길에 방심하고 있던 우나라를 공격하여 멸 망시켰다. 우공은 포로가 되어 진나라로 끌려갔다. '

재물에 미혹되면 옳고 그름의 판단이 흐리게 되는 법이다.

자 비

사랑하고 가엾게

여기는 것을 마음의 근본으로 해야 한다.

어떤 사람이 모든 바른 행위의 근본이

무엇이냐고 물으면,

사랑하고 가엾게 여기는 마음[자비심(慈悲心)]이라고

대답하라.   -경전-

외 모

사람을 외모로 차별하지 말라. 만약 회관에 금가락지를 끼고 좋은 옷을 입은 사람과 허름한 옷을 입은 사람이 들어올 때에 좋은 옷을 입은 사람에게는 좋은 자리에 앉게 하고 허름한 옷을 입은 사람에게는 서 있게 하든지 구석진 자리에 앉게 하는 것은 좁은 마음과 그릇된 생각을 가졌기 때문이다. −성경−

제나라 재상 안영은 키가 작고 풍채도 볼품이 없었다. 그러나 자신에 대한 긍지와 하려는 의욕이 많았는데 그것이 재상까지 하게 된 밑거름이 되었다.

어느 날 초나라를 방문하게 되었을 때 초나라 영왕은 그의 외모가 보잘것없다는 것을 알고 모욕을 주기로 했다.

안영이 성 가까이 왔을 때 갑자기 문이 닫혔다.

안영이 "문을 열어라. 나는 제나라에서 사신으로 온 재상 안영이다."라고 밝히자 얼마 후에 성의 작은 문이 열리더니 성 위의 병사가 그 쪽으로 들어오라고 했다. 그 수작을 알아챈 안영은 모른척하고 말했다.

"이것은 개구멍이 아닌가? 초나라에는 개만 있나 보구나. 우리나라는 군자의 나라인데 사신으로 온 내가 어찌 개구멍으로 들어갈 수가 있겠는가?" 하였다.

모욕을 주려다 오히려 모욕을 받게 된 꼴이 된 영왕은 성문을 열고 안영 일행을 정중하게 맞아들였다.

안영이 궁궐에 도착하자 대신들이 돌아가며 어려운 질문을 하여 난처하게 만들고자 했다.

그러나 안영은 모든 질문에 재치 있게 잘 답변해서 대신들을 무안하게 만들었다.

그 다음에는 영왕이 나타나서 혀를 차며 말했다.

"제나라에는 인물이 어지간히 없나 보군. 그대 같은 소인을 사신으로 보내다니."

안영은 그런 모욕적인 말에도 당황하지 않고 말했다.

"우리나라에는 사람이 넘쳐나고 훌륭한 인재가 아주 많습니다. 그런데도 어찌 인재가 없다고 말씀하시는지요?"

"훌륭한 인재가 많다면 왜 그대와 같은 사람을 사신으로 보냈소?"

"우리나라에서는 외국에 사신을 보낼 때 현명한 임금이 있는 나라에는 큰 인물을 보내고, 어리석은 임금이 있는 나라에는 작은 인물을 보냅니다. 제나라 왕께서는 초나라에는 저와 같이 어리석은 사람이 적합하다고 하여 저를 보낸 것입니다."

안영이 큰 인물임을 안 초나라 왕은 놀리려는 생각을 접고 안영 일행을 융숭하게 대접했다.

키가 작고 외모가 모자라도 자신에 대한 긍지를 가지고 열심히 노력하는 사람은 외모는 잘났으나 긍지가 없는 사람보다 성공할 확률이 더 높다.

약 속

자신에게 한 약속을 엄격히 지켜라.

속임수를 쓰지 말라.

속임수를 쓰면 얼마 동안은 잘 되는 듯하나

결국은 실패한다.

그러므로 속임수를 쓰는 사람은

어디를 가더라도 성공하지 못한다.

-코란-

의 지

의지가 강한 사람은 자기에게 닥치는 모든 고난을 참을 성 있게 견디어서 머지않아 빛을 찾게 된다.   -코란-

♥♥♥ 고난이 닥쳐서 한 줄기 희망의 빛도 보이지 않고 완전히 어둠 속에 둘러싸여 있을 때 그 순간을 참으면, 시간이 지나면서 짙은 먹구름 사이로 한 줄기 햇빛이 보이듯이 희망이 보인다.

인 (仁)

부모에게 효도하고 형을 공경하면서 윗사람을 거스르기를 좋아하는 사람은 거의 없다. 효도와 공경은 어짐(인, 仁)의 근본이다. 군자는 근본을 지키기 위해서 힘쓰고, 근본이 확립되어야 도리가 생긴다. -논어-

♥♥♥ 어질다는 것, 즉 인(仁)은 공자의 중심사상이며 유교의 근본사상이다.

일상생활에서 해야 할 올바른 일을 하는 것을 어질다고 한다. 어질다는 것은 사람이 지켜야 할 도리를 행하고, 예의를 지키며, 부모에게 효도하고, 웃어른을 공경하며, 사람을 사랑하고, 따뜻하고 부드러우며, 공적인 일과 개인적인 일을 구별하고 법과 질서를 지키는 것 등이나 그 중 대표되는 것은 사랑이다.

공손, 너그러움, 믿음을 받는 것, 민첩한 것, 은혜를 베푸는 것 이 5가지를 행하는 것이 어진 것이다.

공손하면 욕을 보지 않고, 너그러우면 사람들이 따르고, 믿을 수 있으면 사람들이 일을 맡기고, 기회가 있을 때 빨리 움직이면 이룰 수 있고, 베풀면 사람을 부릴 수 있다.

많이 알아도 인격이 부족하면 방탕하기 쉽고, 신뢰를 받으나 인격이 나쁘면 다른 사람에게 해를 끼치게 되며, 강직하되 인격이 부족하면 각박하게 되고, 용감하여도 인격이 부족하면 난폭하게 되고, 굳세어도 인격이 나쁘면 사납게 된다.

아는 것

아는 것은 안다고 하고 모르는 것은 모른다고 하는 것, 이것이 곧 아는 것이다.   -논어-

♥♥♥ 모르는 것을 부끄러워하여 아는 척하면 계속 모르게 된다. 그러므로 모르는 것은 모른다고 솔직히 인정하고 물어봐야 알 수 있다.

수십 권의 책을 읽어서 아는 것이 많다고 스스로를 높게 생각하여 어른을 얕보고 소홀히 대하며 동료를 가볍게 여기면 사람들이 그를 미워한다. 이익을 얻고자 학문을 하는 것이나 오히려 자신을 해롭게 하니 배우지 않은 것보다 못하다.   -소학-

모른다는 것

사랑할 때는 살기를 바라고 미워지면 죽기를 바라지만, 살기를 바라다가 죽기를 바라는 것은 모르기 때문이다.   -논어-

♥♥♥ 자식이 공부 잘하고 말 잘 들으면 좋아하고 공부도 못하고 나쁜 행동을 하면 미워한다. 그것은 왜 나쁜 행동을 하는지 모르기 때문이다.

용돈을 잘 주는데도 다른 사람의 돈이나 물건을 훔치면 사랑이 부족할 때 관심을 끌기 위해서 하는 행동이라는 것을 모르기 때문에 미워한다.

다른 아이의 물건을 빼앗는 일이 많아서 타이르거나 꾸중해도 고쳐지지 않으면 구제 불능인 것처럼 보여서 미워하나 그것은 과잉 사랑 때문이라는 것을 모르기 때문이다.

딸만 둘 낳고 늦게 난 외동아들이라고 어릴 때부터 사달라는 것은 모두 사줘서 무엇이든지 자신이 가지고 싶은 것은 다 가질 수 있다는 생각을 하게 되었으며, 그래서 갖고 싶은 것을 갖지 못하면 참지 못하는 성격이 되어서 좋은 물건을 가지고 있는 또래아이가 있으면 폭행해서라도 빼앗아 가져야 직성이 풀리게 된 것이라는 것을 알게 되면 미워하는 마음이 없어지고 자신을 반성하게 된다.

실 력

벼슬자리가 없음을 걱정하지 말고

실력이 부족한 것을 걱정하라.

사람들이 자기를 알아주지 않는 것을 걱정하지 말고

다른 사람이 나를 알아줄 만한 능력을 길러라.

-논어-

일과 즐기는 것

어떤 일에 대해서 알기만 하는 사람은 그것을 좋아하는
사람보다 못하고, 일을 좋아하는 사람은 즐기는 사람보
다 못하다.　　-논어-

생활이 풍족해도 일을 해야 하며, 즐길 때는 마음을
다 풀지 말아야 한다. 일을 하지 않으면 게을러지고 그
릇된 길로 들어가기 쉬우며, 마음을 다 풀어버리면 술
과 이성에 빠지기 쉽고 유혹에 마음이 흔들리게 된다.
항상 일하는 가운데 편안하고, 마음을 다 풀지 않는 가
운데 즐기는 것이 좋은 것이다.　　-명심보감-

좋아하는 것 중
　　　　이로운 것 세 가지
　　　해로운 것 세 가지

좋아하는 것 중에 때와 장소에 알맞게 예의를 지키기를 좋아하고, 다른 사람의 좋은 점을 말하기를 좋아하며, 어진 친구와 많이 사귀기를 좋아하는 것은 이롭다.

그러나 다른 사람보다 지위가 높거나 재산이 많다고 하여 비싼 음식을 먹고 사치하기를 좋아하며, 일은 하지 않고 놀기만 좋아하고 술과 색을 좋아하는 것은 해롭다.

　　　　　　　　　　　　　　　　　　－논어－

남을 배려하는 마음

평생 행해야 할 한마디 말은 내 마음을 미루어 다른 사람의 마음을 알고 행하는 것이다. 자기가 바라지 않는 것을 다른 사람에게 하도록 하지 말라. -논어-

♥♥♥ 제자 자공이 공자에게 평생토록 지켜 나가야 할 것이 무엇인지 물은 데 대해서 공자는 한마디로 서(恕)라고 했다. 서란 다른 사람의 마음을 알고 배려하는 것이다. 이해하기 어려울 때는 그 사람의 입장이 되어 헤아려 보면 알 수 있다.

건물의 큰 여닫이문을 열고 들어갈 때 뒤따라 들어오는 사람이 있으면 부딪히지 않도록 들어올 때까지 문을 잡고 있는 것, 내가 좋아하지 않는 사람이더라도 누가 그 사람 어떠냐고 물어볼 때 상대방이 서운하게 생각할까봐 좋아하지 않는다고 말하지 않고 "아직 생각해 본 적이 없어." 라고 다르게 표현하는 것, 골목에 주차할 때 다른 차가 들어올 수 있도록 백미러를 접어놓는 것 등은 다른 사람을 배려하는 마음에서 나온다.

다른 사람을 배려하는 마음을 지닌 사람은 좋아하는 사람이 많아서 주위의 사람과 서로 협조가 잘 되므로 그 만큼 일이 잘 된다.

반면에 다른 사람을 생각하지 않고 오직 자기만 생각하는 이기적인 사람은 실력이 좋아도 따돌림당하기 쉽고, 사회에서도 성공하기 어렵다.

성인의 가르침

원래 타고난 착한 성품을 본성(本性)이라 하고,

깨끗한 본성을 따르는 것은 도리이며,

지나치고 부족한 것은 잘라내고 올바른 도리만을

말한 것이 성인의 가르침이다.

-중용-

내 마음을 미루어

자식이 나에게 해 주기를 바라는 마음을 미루어 부모를
그와 같이 섬기고, 동생에게 바라는 내 마음을 미루어
형을 공경하고, 친구가 내게 해 주기를 바라는 것을 자
신이 먼저 하라.
말이 행동보다 앞서면 말을 자제하고 다른 사람에게 말
한 대로 행동했는지 살펴보아라. -중용-

무엇이든지 다른 사람에게 대접받고자 하는 대로 다른
사람을 대접하라. -성경-

　♥♥♥ 다른 사람이 내게 해 주기를 바라는 대로 다른
사람에게 해 줌으로써 원하는 대로 되는 경우가 많다.
　친구로 사귀고 싶은 사람이 있으면 그 사람이 내게 먼저
다가오기를 기다리지 말고 내가 먼저 가까이 하면 그 사람
과 친구가 될 수 있다.

비판받지 않으려거든 비판하지 말라. 비판하면 그로 인해 비판을 받을 것이다.
다른 사람의 잘못이 얼마나 되는지 헤아려 보지 말라. 다른 사람의 잘못을 헤아리면 다른 사람도 너의 잘못을 헤아려 볼 것이다.   -성경-

자기의 나쁜 점을 다른 사람이 말하지 않기를 바라면 다른 사람의 나쁜 점을 말하지 말라.   -명심보감-

행동하는 아홉 가지 덕

행동하는 데는 아홉 가지 덕이 있다.

너그러우면서도 위엄이 있는 것,
부드러우면서도 꿋꿋한 것,
성실하면서도 공손한 것,
어지러운 것을 바르게 다스릴 줄 알면서도 공경하는 것,
온순하면서도 굳센 것,
곧으면서도 온화한 것,
대범하면서도 세밀하여 사리 판단을 잘 하는 것,
굳건하면서도 충실한 것,
용감하면서도 올바른 것이다.

이 아홉 가지 덕을 항상 실천하는 사람은 훌륭한 사람이다. 이 가운데 매일 세 가지 덕을 실천하면 집안을 잘 다스릴 수 있고, 매일 여섯 가지 덕을 공경하고 받들면 업적을 빛나게 하고 나라를 잘 다스릴 수 있다.   -서경-

무 리

옳은 일은 중단하지 말고 계속하고, 마음을 흐트러뜨리지 말며, 일을 무리하게 하지 말라. 무리하게 하려는 것은 곡식의 싹이 빨리 자라게 한다고 억지로 싹을 잡아 뽑는 것과 같다.　　—맹자—

■■**옛**날 한 마을에 어리석은 농부가 살고 있었는데 성질이 급했다. 논에 모내기한 벼가 자라고 있었지만 그 농부가 보기에 크는 것 같지 않았다.

'어느 세월에 벼가 다 자랄까? 빨리 자라게 하는 방법이 없을까?'

하고 생각하던 차에 한 가지 좋은 방법을 떠올렸다.

그는 바짓가랑이를 걷고 논에 들어가서 벼를 하나씩 뽑아 올렸다.

그는 집으로 돌아가서 아들에게 말했다.

"오늘 논에서 일하느라 고되지만 내 뜻대로 되어서 기분이 좋구나. 벼를 많이 키워 놓았으니까 다른 사람보다 더 빨리 수확할 수 있을 거야."

그 말을 듣고 논으로 뛰어간 아들은 놀라서 한참동안 바라보기만 했다. 벼가 모두 시들어서 못 쓰게 되었기 때문이었다.

돌이켜 봄

좋아하여도 친밀해지지 않으면 어짊(인 : 仁)이 부족하지 않은지 돌이켜 보고, 사람을 다스려도 잘 듣지 않으면 지혜가 부족하지 않은지 돌이켜 보라. 예의로 대하여도 반응이 없으면 공경함이 부족하지 않은지 돌이켜 보라. 일을 하여도 성과가 없으면 돌이켜 보아서 자기 자신에게서 그 원인을 찾아라. -중용-

자신을 되돌아 보아서 잘못을 고치고 단점을 개선하는 사람은 일마다 이룰 수 있고, 다른 사람을 탓하기만 하는 사람은 생각하는 것마다 스스로를 해치는 무기가 된다. 앞사람은 그로써 바른 길을 가게 되고 성공의 문을 열며, 뒷사람은 그로써 모든 악의 근원을 이루어 파멸의 구덩이를 파거니와, 그 서로의 거리는 하늘과 땅 차이이다. -채근담-

빨리 밝혀지지 않던 것도 너그럽게 하면 저절로 밝혀지
는 경우가 있으니, 급하게 하여 상대방의 감정을 상하
게 하지 말라. 따르지 않던 사람도 부드럽게 하면 따르
는 사람이 있으니 심하게 해서 그 완고함을 더하게 하
지 말라. -채근담-

♥ ♥ ♥ 사용하는 물건을 한 곳에 늘 보관하다가 더 안전
한 곳에 보관하기 위해서 장소를 옮겨 더 깊숙한 곳에 보
관할 때가 있다. 그런 다음 한두 달이 지난 뒤 그 물건이
필요할 때 다른 곳에 놔둔 것을 깜박 잊고 항상 놔두던 곳
에 가서 찾다가 아무리 찾아 봐도 없는 것을 알고는 다른
사람을 의심하게 된다.

'어제 놀러 온 동네 아이들 중에서 누군가가 가지고 갔을
가능성이 있겠구나. 아니야, 일 주일 전에 손버릇 나쁜
아이가 이 방에 혼자 있다가 내가 들어가니까 인사도 제
대로 안하고 나가던데 그 애가 가지고 갔을 거야.'

여러 곳을 찾아봐도 보이지 않을 때는 급하게 찾으려고
하지 말고 조용히 생각할 시간을 가져야 한다. 그러면 보통
며칠 지나면 '아, 더 안전하게 한다고 서랍 속에 있던 것을
상자 속에 깊숙이 넣어 뒀었지.' 하고 떠오를 때가 있다.

가 족

아들이나 며느리가 일을 힘들어하면 가엾게 생각되더라도 그만두게 하지 말고 그 대신 자주 쉬게 하는 것이 낫다. 아들이나 며느리가 효도나 공경하는 마음이 부족하더라도 미워하거나 원망하지 말고 가르쳐야 하며, 아들이나 며느리의 잘못을 다른 사람에게 말하지 않는다.

부모에게 잘못이 있으면 자녀는 마음을 가라앉혀 얼굴을 부드럽게 하고 목소리를 낮추어서 간한다. 간해도 들어주지 않으면 더 한층 효도하고 공경하여 부모의 기분이 좋아지면 다시 간한다.

부모가 죄짓는 것을 막기 위해서는 부모가 기뻐하지 않고 성을 내더라도 다시 은근히 간한다.   −예기−

♥ ♥ ♥ 부모에게 잘못이 있을 때는 세 번까지 간하되 듣지 않으면 그만 둬야 하나 그 전에라도 듣기 싫어하면 중단한다. 그러나 부모가 죄지어서 처벌받는 것을 막기 위해서는 듣기 싫어해도 끝까지 간해야 한다.

가족 중에서 잘못하는 사람이 있으면 성을 많이 내어도 안되고 가볍게 내버려둬도 안된다. 그 일을 말하기 어려우면 다른 것을 비유로 들어 은근히 깨우쳐주고, 오늘 깨닫지 못하면 내일을 기다려 따뜻한 기운이 얼음을 녹이듯이 하여야 한다. 이것이 곧 가정을 다스리는 본보기이다. -채근담-

융통성

일을 열심히 하는 것은 좋은 것이지만 너무 일에만 매달리면 즐거움이 없고, 청렴결백한 것은 좋은 것이나 지나치면 융통성이 없고, 딱딱하면 사람을 이롭게 할 수 없다.   −채근담−

♥♥♥ 민원인을 상대하는 공직자는 법과 규칙을 잘 지켜야 하나 경우에 따라서는 융통성이 있을 필요가 있다.

관공서는 6시에 업무가 끝나는데 몇 분 지나서 온 사람이 농사철이라 바쁜데 내일 다시 오면 농사가 늦어져서 손해가 많으니 지금 꼭 해달라고 한다면 규정시간에서 조금밖에 지나지 않았고 딱한 사정을 감안해서 들어주는 것이 엄격하되 지나치지 않은 것이다.

대가를 받지 않고 순수하게 민원인의 편의를 위해서 일정 범위 내에서 융통성 있게 처리하는 것은 좋은 것이다.

소중함

괴로움도 겪어 보고 즐거움도 맛본 다음에 얻은 행복이
라야 그 행복이 오래 가고, 의심과 믿음을 서로 비교하
여 깊은 생각과 노력한 끝에 얻은 지식이라야 참된 지
식이다.   —채근담—

♥ ♥ ♥ 어릴 때부터 원하는 것은 모두 가지고, 용돈을
항상 풍족하게 쓴 사람은 돈 아까운 줄 모르며 낭비벽이
있다. 반면에 돈이 부족해서 어려움을 겪은 적이 많은 사
람은 절약 교육을 받지 않았어도 돈의 귀중함을 알아서 스
스로 절약하며, 이룬 재산을 오래 보존한다.

어릴 때부터 약해서 병을 여러 번 앓아 본 사람은 건강
의 소중함을 뼈저리게 느껴 스스로 술, 담배를 하지 않고
체력관리를 잘해서 나이가 많아서는 건강한 생활을 한다.

덕(德)

힘으로 다른 사람을 복종시키면 몸은 복종하나 마음은
따르지 않고, 덕으로 남을 복종시키면 기뻐서 진심으로
복종한다.   -명심보감-

■ **후**한 시대에 반초라는 장군이 있었다. 그는 서북
쪽 변경 일대의 오랑캐 50여 부족을 정벌하거나 설득하여
투항시켰다. 그러고 난 다음에 그들을 덕으로 다스렸다.
그들 사정과 처지를 이해하고 세금도 소득에 맞게 매겼다.
그래서 변방의 부족들은 진심으로 따르며 생업에만 열중
하였다. 10여 년 동안 어려운 조건인 변방에서 임무를 잘
수행한 공적으로 조정에서는 궁궐에서 근무하게 했다.

다음 책임자는 임상 장군이었다.

"장군은 오랫동안 이곳에서 근무하였으니 누구보다도
이곳 사정과 부족들의 상태를 잘 알 것입니다. 장군처럼
잘 다스릴 수 있는 묘책이라도 있으면 알려 주십시오."

"그들은 문명이 조금 덜 발달되어 있을 뿐 다른 것은 똑
같습니다. 그들도 가정을 이루어 자식을 낳고 기르는 백

성입니다. 오랑캐라는 인식부터 고쳐야 하고, 가장 중요
한 것은 덕과 어짊으로 다스리는 것입니다."

"그러나 그들은 미개한 족속인데 덕치(德治)를 해봐야
효과가 있겠습니까? 강력한 힘으로 다스리는 것이 나을
것 같습니다."

반초 장군은 걱정스런 마음으로 말했다.

"장군은 성격이 급하고 지나치게 엄한 것 같군요. 물이
너무 맑으면 고기가 살지 못하는 법이오. 강하게 할 필
요가 있을 때도 있겠으나 어디까지나 부드럽게 대해야
하오. 원칙과 규정도 너무 따져서 강압적으로 하면 진심
으로 복종하지 않습니다. 작은 잘못은 용서해주고 너그
럽게 다스리십시오."

반초 장군이 가자 임상 장군은 그의 충고와 상관없이 자
기방식대로 강하게 다스렸다. 그의 강압정치에 부족들은
어쩔 수 없이 복종하였으나 불만을 가지게 되었고, 시간
이 갈수록 반발하는 부족이 늘어났다. 그리하여 5년 뒤에
는 50개 부족들이 모두 한나라를 멀리하였다.

청렴결백하면서도 너그럽고, 어질면서도 결단성이 있으며, 현명하면서도 다른 사람의 잘못을 너무 살피지 않고, 강직하면서도 바르게 함에 있어서 지나치지 않으면 이를 꿀 바른 음식이지만 너무 달지 않고 바다 물건이지만 짜지 않다고 하는 것이니, 이것이 아름다운 덕이다.   -채근담-

건 강

늙어서 생기는 병은 모두 젊었을 때 건강을 소홀히 하여 생긴 것이고, 재물이 쇠퇴한 뒤의 재앙은 모두 번성할 때에 재산과 자신의 관리를 제대로 하지 않았기 때문이다. 그러므로 올바른 사람은 젊거나 재물이 가득 찼을 때 조심한다.   -채근담-

♥♥♥ 건강하려면 안정된 정신, 음식 조절, 운동 등 세 가지를 갖추어야 한다.

음식량을 조절하고 특수 체질이 아니면 채식 위주로 하며 소시지, 햄버거 등 가공 식품을 적게 먹고 걷기, 줄넘기, 조깅, 배드민턴 등 온 몸을 움직이는 운동을 꾸준히 하는 것이다. 멀지 않은 거리는 걸어서 가고, 하루에 줄넘기를 천 번~이천 번씩 하거나 1~2시간씩 걸으면 체력을 튼튼하게 할 수 있다. 걷기, 줄넘기와 등산, 조깅은 운동효과가 가장 좋으면서 돈은 별로 들지 않는다.

청소년기는 육체적으로 완성되기 전의 한창 자라는 시기이므로 술, 담배 등 해로운 물질에 성인보다 약하다. 그러므로 청소년시기에 술, 담배를 하면 피해가 더 크다.

청소년 때부터 담배를 피우면 니코틴 중독이 더 심해진다. 따라서 성인이 되어서 시작한 사람보다 금연하기가 더 어렵다. 폐가 제대로 자라지 못해서 폐 기능이 약해지고 성인이 되어서 폐암 사망률이 훨씬 높다.

또한 지속적으로 운동할 수 있는 힘(지구력)이 적어지고 감기에 더 잘 걸린다. 혈액 속에 일산화탄소의 비율이 높아져서 뇌와 모든 장기가 산소 부족으로 피로하기 쉽고, 신체 발육 성장에 나쁜 영향을 미친다. 성인이 되어서는 암과 심장병, 중풍에 걸릴 가능성이 더 많으며, 뼈에서 칼슘이 많이 빠져나가므로 골다공증에 걸릴 가능성이 많다.

편안할 때와 어려울 때

가득 차고 번성한 가운데 쇠퇴함이 잠복해 있고, 떨어지는 낙엽 속에 이듬해 움틀 새싹이 있다. 그러므로 편안할 때 다가올 우환을 막고, 번영을 지속시키기 위해서 마음을 한곳에 모아야 하며, 어려움을 당하면 참을성을 가지고 견디며 일을 이루기를 도모하여야 한다.

-채근담-

돈이 있으면 돈이 없던 때를 생각해서 검소하게 지내고, 편안하고 즐거운 생활을 하거든 고생하던 때를 생각해서 안일에 빠지지 말라. -명심보감-

공직에 있을 때 바르지 않은 일을 하면 실직할 때 후회하게 되고, 부유할 때 검소하고 절약하여 쓰지 않으면 가난하게 되었을 때 후회하고, 젊을 때 학문이나 기술을 배우지 않으면 시기가 지나고 나서 후회하게 된다.

일을 보고 배우지 않으면 쓰임이 있을 때 후회하게 되고, 술 취해서 함부로 말하면 술 깨고 난 다음에 후회하게 되고, 건강할 때 몸을 돌보지 않으면 병든 후에 후회하게 된다.   -명심보감-

지 위

내가 출세하여 다른 사람이 나를 받들어 주는 것은 이 높은 지위를 받드는 것이며, 내 몸이 천하게 되어 다른 사람이 나를 업신여기는 것은 이 베옷과 짚신을 업신여기는 것이다. 그러므로 원래의 나를 받들고 업신여기는 것이 아니니 받든다고 기뻐하고 업신여긴다고 화낼 것이 아니다.   -채근담-

소진은 전국 시대에 여섯 나라를 동맹 맺도록 하고 그 여섯 나라의 재상을 해서 유명했다. 그러나 젊은 시절에는 불우한 생활을 했다.

여러 나라의 왕과 제후들을 찾아다니며 훌륭한 지식을 펼쳐 보였지만 알아주는 곳이 없었다. 실의에 빠진 그는 축 늘어진 어깨와 초라한 모습으로 고향으로 돌아왔다.

오랜만이었지만 가족들은 시큰둥했다. 특히 그의 형수는 노골적으로 비웃고 박대했다.

'모두가 내가 못난 탓이니 다른 사람을 원망할 것은 없지.'

소진은 이렇게 원인을 자기에게 돌리고 그 날부터 고향

에 파묻혀 공부와 연구를 열심히 한 결과 '합종 이론'을 완성하여 크게 성공하였다.

소진은 먼저 조나라에 가서 합종책을 설명하였는데 조나라 왕이 적극 찬성하여 재상으로 임명했다. 그 다음은 초나라에 가서 제후들에게 합종책을 설명하여 찬성을 얻었다.

어느 날 소진의 일행이 고향을 지나게 되었다. 고향에 와서 가족들도 만나지 않고 그냥 지나칠 수가 없어서 고향집으로 향했다. 왕의 행차 다음으로 화려한 마차와 깃발, 창과 칼을 든 호위병사들에 둘러싸인 소진을 보고 가족들은 머리를 깊이 숙이고 절하고 물러갔다. 과거에 박대했던 형수는 그 누구보다도 공손하고 극진히 대했다. 소진은 웃으면서 물었다.

"과거에는 나를 사람 취급도 않으시더니 웬일이십니까?"

"그 때는 벼슬을 하지 않았지만 지금은 재상이 되었으니 대접을 잘 하는 것은 당연하지요."

'나는 옛날이나 지금이나 똑같은데 미천할 때는 박대하더니 부귀하니 남들의 존경과 두려움을 사는구나. 부와 명예가 이다지도 대단한 것인가?'

일(근 로)

일을 계획하고 수립하는 사람은 객관적으로 관찰하여
이익과 손해를 계산하여야 하고, 일을 맡아서 시행하는
사람은 일을 충실히 하는 데만 마음을 두어 일을 부실
하게 하지 않아야 한다. -채근담-

일하면 착한 마음이 생기고, 한가하게 지내면 음란한
데로 흐르기 쉽다. 음란하면 바른 생각을 하지 않게 되
고, 바른 것을 잊으면 나쁜 마음이 생긴다. -소학-

여섯 가지 거슬리는 것

아랫사람이 윗사람을 모함하고,

나이가 적은 사람이 나이 많은 사람을 업신여기고,

사이가 먼 사람이 친근한 사람을 이간하고,

실력 적은 사람이 실력 많은 사람 위에 자리하고,

새 친구가 오랜 친구를 이간하고,

음란한 사람이 외로운 사람을 물리치는 것은

여섯 가지 거슬리는 것이다.

-소학-

여섯 가지 순리

임금은 의롭고,

신하는 바르게 행하고,

부모는 자식을 사랑하고,

자식은 효도하며,

형은 우애롭고,

동생은 형을 공경하는 것을

여섯 가지 순리라고 한다.

혼 인

대체로 혼인을 의논할 때는 먼저 사위나 며느리 될 사람의 성격과 행실과 그 집안의 법도가 어떤지 살펴야 한다.

구차스럽게 그 집안의 재산이나 지위의 높음을 흠모하지 말라. 사위 될 사람이 어질다면 나중에 부귀하게 될 수 있으며, 사위 될 사람이 미련하다면 지금은 그 집안이 재산이 많고 지위가 높아도 나중에 가난하고 지위가 낮은 사람이 될 수 있다.

며느리가 잘 들어오고 못 들어옴에 따라서 집안이 번영하고 쇠퇴하는 데 영향이 크니 며느리의 됨됨이를 보고 선택해야 한다.

구차스럽게 그 집안의 한때 부귀를 흠모하여 며느리를 맞이하면 부귀하다고 남편을 가볍게 여기고 시부모에게 거만하게 대하니 어찌 장차 걱정거리가 끝이 있겠는가.

-소학-

바른 행동, 나쁜 행동

나쁜 행위의 결과가 나타나지 않는 동안 어리석은 사람들은 그것을 꿀같이 달게 여긴다. 그러나 나쁜 행동이 마침내 결과를 이끌어 올 때 그들은 크나큰 고통을 겪는다.   -경전-

■ 사왓티의 어느 부자에게 외동딸이 있었는데 얼굴이 매우 아름답고 피부가 부드러워 파란 연꽃과 같았다. 그래서 파란 연꽃이라는 뜻을 가진 웁빨라완나라고 불렸다. 그녀의 아름다움은 온 나라에 소문이 나서 유명해졌다.

그래서 왕족, 재산가, 고위 관리 등의 청혼이 잇따라 들어왔다. 그러나 그녀는 결혼하여 가정을 꾸리는 것이 인생의 목표가 아니라고 생각하고 수행자가 되었다.

그녀는 등불을 켜놓고 응시하다가 기름이 소모됨으로써 불꽃이 계속 빛을 낼 수 있는 것을 깨달았으며, 불꽃에 대해 마음을 집중한 끝에 불꽃이 끊임없이 변화하며 새로운 불꽃에 의해서 먼저 불꽃은 사라져버리는 과정을 자세히 관찰하여서 마침내 삼매를 이루었고 진리를 깨달았다.

그 후 수행을 더 깊이 하기 위해서 고요한 숲 속에서 참선을 하다가 탁발하러 간 사이에 사촌 오빠인 난다가 몰래 들어와서 침대 밑에 숨었다.

난다는 과거부터 그녀를 사랑하여 결혼하기를 원하다가 그녀가 수행자가 되자 이런 방법을 써서라도 그녀를 차지하려고 마음먹은 것이다.

그녀가 돌아와서 난다를 발견하고는 "어리석은 사람이여! 그대는 나를 해치지 말라. 그렇지 않으면 큰 불행이 닥칠 것이다." 하였다.

그러나 난다는 그녀의 타이름을 물리치고 자신의 욕구를 채웠다.

그가 밖으로 나오자마자 땅이 갈라지면서 땅속에 묻혔다.

비록 착한 사람이라 할지라도 착한 행위의 과보가 나타나지 않아 고통을 당할 수도 있다. 그러나 그것은 일시적인 현상일 뿐 착한 행위의 결과는 어김없이 나타나서 그는 크나큰 이익을 즐기게 된다.

♥ ♥ ♥ 차 수리하는 곳 중에는 소비자가 자동차 정비에 대해서 잘 모르는 것을 이용하여 싼 부품을 갈아넣고 비싼 부품 값을 받거나, 작은 수리로 충분한데 큰 고장이 난 것 같이 속여서 수리비를 실제보다 더 받는 곳이 있다.

정직하게 실제 수리한 만큼 받으면 속임수를 쓰는 정비업소에 비해서 수입이 적다. 그러나 시간이 가면서 그곳은 다른 곳과 달리 믿을 수 있는 곳이라는 소문이 나서 수리하는 차가 많이 와서 수입이 늘어난다. 그리고 속임수를 쓰는 정비업소가 많을수록 빛이 나며 더 잘 알려진다.

속임수를 쓰면 얼마 동안은 수입이 많아서 좋지만 그 사실이 여러 사람에게 알려지게 될 때 낭패를 보게 된다.

책 읽고 학문을 하는 것은 마음을 열고 안목을 넓게 하여
바른 행동을 하는 데 도움이 되도록 하기 위한 것이다.

-소학-

1. 부모를 모실 줄 모르는 사람 – 부모의 뜻을 살피고 얼
   굴빛을 부드럽게 하여 받들고 기운을 나직이 하며 어려
   운 일이 있어도 싫어하지 않도록 한다.
2. 교만하고 사치한 사람 – 공손하고 검소하며 절약하는
   습성을 가지고 예의를 근본으로 하도록 한다.
3. 지나친 욕심을 지닌 사람 – 올바른 것을 소중하게 생각
   하여 부정한 사물을 돌아보지 말고 정당하게 재물을 모
   아서 바르게 쓸 줄 알아야 한다.
4. 포악하고 사나운 사람 – 조심하고 억제하며, 단단한
   것은 깨어지기 쉽고 부드러운 것은 오래 남는다는 이치
   를 깨달아서 다른 사람의 잘못을 덮어주고 어진 사람을
   높이며 많은 사람들을 포용해야 한다.
5. 겁이 많고 나약한 사람 – 강인한 정신을 가지고 행동을
   바르고 곧게 가지며 어떤 일을 할 때는 할 수 있다는 믿
   음을 가지도록 한다.

은혜와 의리

다른 사람에게 은혜와 의리를 많이 베풀어라. 사람은
어느 곳에서든지 만날 수 있지 않겠는가. 다른 사람과
원한과 원수를 맺지 말라. 길이 좁은 곳에서 만나게 되
면 피하기 어렵다.　　－명심보감－

재상 맹상군이 자신의 영지인 설(薛) 땅에 가서 빌
려준 돈을 거두어 올 사람을 찾자 식객 중에 아무도 나서
지 않는데 풍훤이 자기가 하겠다고 나섰다. 풍훤이 돈을
다 거두고 나서 무엇을 사올 지 묻자, 맹상군은 어떤 것이
든지 자신의 집에 없는 것을 사오라고 했다.

설 땅에 도착한 풍훤은 채무자들에게 맹상군의 지시라
고 하며 차용증서를 모두 거두어서 그들이 보는 데서 불태
웠다. 그러자 채무자뿐 아니라 백성들이 모두 '맹상군 만
세'를 외치면서 매우 기뻐했다. 임무를 마치고 돌아온 풍
훤에게 맹상군이 물었다.

"자네가 사온 것이 무엇인가?"

"맹상군께서는 모든 것이 다 있으나 한 가지 부족한 것

이 있습니다. 그것은 '은혜와 의로움' 입니다. 그래서 차용증서를 불태우고 나리를 위해서 돈 주고도 사기 힘든 '은혜와 의로움' 을 사 가지고 왔습니다."

맹상군은 어이가 없었으나 자신이 그에게 한 말도 있고 해서 너그럽게 용서해 주었다.

그로부터 1년 뒤에 맹상군이 왕의 노여움을 사서 재상 자리에서 쫓겨나자 3,000여 명이나 되던 식객들은 다른 곳으로 가 버렸다. 오직 풍훤만이 남아서 맹상군과 같이 영지로 내려가자 설 땅 사람들은 백 리 앞까지 마중 나와서 대대적으로 환영했다.

맹상군은 "지난번에 자네가 '은혜와 의로움' 을 샀다고 한 것이 무슨 말인지 이제 알겠네." 하며 풍훤에게 보답으로 많은 선물을 주었다.

화를 칭찬으로 갚음

나에게 잘해주는 사람에게는 나도 잘해줘야 하지만 나
에게 나쁘게 하는 사람에게도 잘해주어라. 내가 먼저
다른 사람에게 나쁘게 대하지 않으면 다른 사람도 나에
게 나쁘게 대하지 않는다.   -명심보감-

♥ ♥ ♥ '나를 잘 아는 사람이, 많은 사람이 있는 데서
나를 부당하게 비난하는 것을 듣고 화가 나서 그 날 밤잠
을 이루지 못하다가 며칠 동안 화를 가라앉힌 다음에 다른
사람을 만날 때마다 그 사람을 칭찬했다. 얼마 후에 그를
만났을 때 그는 반가워하면서 고맙다고 하였다.'
　이 이야기는 어느 유명인의 경험담이다. 화를 화로 갚지
않고 칭찬으로 갚은 좋은 예이다.

화

누구든지 화를 내어 남에게 나쁜 감정을 품거나 사나운 행동을 해서는 안된다. 항상 자비로 자신을 억제하여 참으며, 사랑으로 모든 존재를 대하고 서로 화합하며 존중해야 한다.

인도에 어느 작은 나라가 있었는데 그 나라의 국왕 바라나시는 춤 잘 추고 노래를 잘 부르는 아름다운 궁녀를 사랑하여 왕비에게 가지 않는 날이 많았다.

심한 질투를 느낀 왕비는 그녀를 미워했고 해칠 방법을 생각했다. 그래서 왕비는 몸에 닿으면 따갑고 가려운 까완초를 말려서 그 가루를 궁녀의 침대와 옷장 안의 속옷에 뿌렸다. 그 다음에 궁녀를 불러서 이야기하는 척하면서 까완초 가루를 또 뿌렸다.

그러자 궁녀는 온몸이 따갑고 가려워서 괴로워하다가 자기 방에 돌아갔는데 거기에 뿌려져 있는 까완초 가루 때문에 괴로움이 더 컸다. 가려움을 참지 못하고 온 몸을 긁자 할퀸 흉터와 핏자국이 남게 되었다.

나중에 왕은 그 사실을 알고 화를 내며 왕비를 평민으로 강등시켜서 내쫓았다.

표주박에 기름을 담아 활활 타오르는 불에 부으면 불은 오히려 표주박에 붙는다. 분노도 이와 같아서 착한 마음을 태워버린다. 마음속에 미워하는 생각을 없애면 분노는 쉽게 사라진다. 분노는 소용돌이치는 물결이 돌고 도는 것과 같으니 비록 한때 화가 났더라도 그것을 마음에 깊이 담아두지 말라. 그러면 마음이 상하지 않을 것이다.

신 독 (愼獨)

아무도 없는 방에 혼자 있어도 사람이 많은 네거리
에 앉아 있는 것같이 행동을 아무렇게나 하지 않아야
하고, 마음 부리기를 왕을 실은 수레를 끄는 말을 모는
것같이 조심하면 잘못을 저지르지 않게 된다.

-명심보감-

소인은 마음을 조심하고 신중하지 못하여 아무도 보지
않는 곳에서는 나쁜 짓을 하여 온갖 잘못을 저지르다가
다른 사람을 보면 그 바르지 못함을 가리고 좋은 점을
드러내지만 마음속에 숨겨도 표가 난다.
올바른 사람은 마음이 진실하면 겉으로 나타나는 것을
알아서 혼자 있을 때도 조심한다.   -대학-

절 약

집안을 일으킬 아이는 물을 금과 같이 아끼고, 집을 망칠 아이는 돈을 물처럼 쓴다. -명심보감-

♥♥♥ 누구나 낭비하는 습관을 가지고 태어나는 사람은 없으며 낭비하라고 가르치는 부모도 없다. 부모가 알뜰한 집안의 아이는 절약정신이 몸에 배어서 커서도 아껴쓰고, 헤프게 쓰는 것을 보고 자란 아이는 커서 낭비벽이 있다.

휴 식

활동에만 치우치는 사람은 구름 사이의 번개와 바람 앞의 등불과 같이 안정성이 없으며, 고요함을 즐기는 사람은 식은 재나 마른 나무와 같이 활력이 적다. 움직임과 고요함이 조화를 이루어 모름지기 멈춘 구름과 잔잔한 물 위에 솔개가 날고 물고기가 뛰는 기상이 있어야 한다.

-명심보감-

♥♥♥ 사람은 일이 없어서 한가하게 지내는 것보다 일이 많아서 바쁜 것이 좋다. 그러나 잠자는 시간 외에는 휴식이란 없을 정도로 너무 일에 매달리는 날이 계속 되면 몸과 마음이 경직되고 스트레스가 쌓인다. 그리고 항상 바쁘게만 일하다 보면 생각이 굳어져서 새로운 아이디어가 잘 떠오르지 않는다. 그럴 때는 휴식을 갖고 조용히 생각할 시간을 가지면 그때까지 생각하지 못했던 좋은 대책이 서게 되고 어려움이 있을 때 헤쳐 나갈 방법이 생각난다.

일이란 달리는 자동차와 같아서 항상 직선으로만 달리는 것이 아니라 굽은 도로를 회전해야 할 때도 있고 멈춰야 할 때도 있다. 빠른 속도로 달리는 자동차는 직진하기는 쉬우나 회전하기가 어려워서 예상치 못한 곳에서 많이 굽은 도로가 나타나면 빨리 회전할 수 없고, 갑자기 멈춰야 할 일이 생겨도 빨리 멈출 수 없어서 사고가 나게 된다.

세계경영을 외치며 지구촌 곳곳에 설립한 많은 기업을 성공적으로 운영해서 국내와 미국 일부 대학의 연구대상까지 되었던 모 그룹은 갑자기 닥친 IMF라는 급격한 변화에 제때 대처하지 못해서 무너졌다.

그 그룹 회장은 '일밖에 모르는 사람'이라는 소리를 들어가며 일 년의 반 이상을 비행기에서 보낼 정도로 쉴 틈 없이 일에 파묻혀 지냈다. 만약 바쁜 중에도 열흘에 1시간 정도 아니면 한 달에 1시간만이라도 조용히 생각하는 시간을 가졌더라면 급격한 변화에 맞춰 당분간 유연하게 대처해야겠다는 생각을 했을 것이고, 그래서 일정 기간 멈춰서 내실을 다진 다음에 다시 세계경영 전략을 추진했을 것이다.

사업에 실패하고 조용히 낚시로 시간을 보내다가 떠오른 좋은 아이디어로 다시 사업을 시작해서 성공한 어느 기업인의 이야기에서도 휴식의 중요성을 알 수 있다.

휴식은 몸과 정신의 피로회복뿐 아니라 바쁘게 일하다 보면 자칫 모르고 지나칠 수 있는 잘못을 발견할 수 있게 한다. 항상 바쁘게 일하다가 휴식할 때는 되도록 이제까지 잘 가지 않던 조용한 곳에서 30분~1시간 정도 생각하는 시간을 가지는 것이 좋다.

♣ 참고 문헌

법구경(거해 스님 편역, 고려원)

고사성어 따라잡기(구인환 엮음, 신원문화사)

韓國民族說話의 研究(孫晉泰 著, 乙酉文化社)

현우경 외(동국역경원)

동화사 강원 자료

한국정신문화연구원 자료